首席駭客

5 連環圈套

銀河九天 著

Contents 目錄

第一章　意外驚喜

劉嘯站在那裏琢磨了半天，便決定回一趟封明大學，等不到張春生，先去看看張小花也不錯。

劉嘯掏出電話，正準備給張小花打電話，想想還是給那丫頭一個意外驚喜，她一定想不到自己會來封明看她。

劉嘯帶著一肚子的問號，被安檢員警直接送上了飛機，路上他想了一路，也沒弄明白那姓方的為什麼總是要把自己和什麼雁留聲、Wind往一塊扯，他似乎巴不得自己就是雁留聲的人，但又對雁留聲有所忌憚，這點讓劉嘯很費解。

當飛機緩緩降落在封明的地面，劉嘯才把自己的思緒收了回來。每次回來封明，他的感覺都不一樣。上次回來時他就很彆扭，明明是因為張小花才回來的，卻不得不打著給劉晨辦事的幌子，這次比上次稍好一點，至少不用找藉口了。

出了機場，劉嘯搭車直奔春生大酒店而去。

車子停到春生大酒店，劉嘯才發現酒店門口豎著個牌子，「內部裝修，暫停營業兩天！」劉嘯有點納悶，這才裝修不到一年，怎麼又裝修，張春生真是錢多得沒地方花了。

劉嘯搖搖頭，走了進去。

進去後，發現裏面一切都和往常一樣，酒店的服務員看見劉嘯進來，衝劉嘯來了一個微笑，「先生，你好！」看來她並不認識劉嘯。

劉嘯走過去，「不是暫停營業嗎？」

「是的，我們酒店正在更換新的管理系統，所以暫不接受入住。」那服務員笑著，「如果您要住宿，非常抱歉；如果您要找人，請告訴我您要找的客人姓名！」

「哦，是這樣啊！」劉嘯點了點頭，「那樓上的張氏企業今天應該照常辦公吧？」

「對不起，張氏企業也在更換新的企業管理系統，除了財務和後勤的值班人員外，其他員工都去參加新系統的培訓了。」服務員說，「如果您是要去張氏企業辦事的話，恐怕得改天了！」

「好，謝謝你！」劉嘯皺了皺眉，這應該是在安裝ＯＴＥ的系統了。劉嘯非常想看看ＯＴＥ的系統是什麼樣子，看旁邊的電梯開著，便走了進去。

到了辦公所在樓層，到處都是技術人員在施工，劉嘯往裏走了兩步，便有保安走上前來，「對不起，先生，施工重地，嚴禁入內！」

說完，那保安突然覺得面前的人很熟悉，於是試探性地問了一句，「你是劉經理吧？」

劉嘯笑說，「難得你還記得我！這是不是ＯＴＥ來安裝新的企業系統了？」

保安點點頭，笑道：「是啊，今天是第一天，大概兩天就能裝完！聽分公司的人說，這系統硬是了得，咱們現在可都盼著總部的系統趕緊裝好呢！」

劉嘯往裏看了看，雖然有幾個負責指導施工的，但卻不是以前OTE的那幾個人，看來他們的分工很明確，設計和施工是分開的。

劉嘯本是想看看OTE的新系統，可現在正在安裝，也看不出什麼名堂，劉嘯就準備撤了，便問道：「張總裁今天沒來吧？」

「沒來！」保安搖頭，「聽司機說，總裁今天帶著秘書去鳳城分公司辦事去了，能不能回來，也很難說！」

「好，謝謝你了！」劉嘯道了謝，最後掃了一眼施工現場，便轉身回到電梯，離開了張氏。

出了酒店，劉嘯暗道自己出門之前應該聯繫一下張春生，也不至於白跑一趟，現在只能等張春生回來了。

劉嘯站在那裏琢磨了半天，便決定回一趟封明大學，等不到張春生，先去看看張小花也不錯。

劉嘯掏出電話，正準備給張小花打電話，想想還是給那丫頭一個意外驚喜，她一定想不到自己會來封明看她。

說走就走，劉嘯搭車直奔封明大學，在學校門口的花店買了一大束花，然後走進校園。

來到張小花的宿舍前，看看時間還有一會兒，劉嘯便在樓前的花廊裏找了個位子，坐了下來。左右一看，劉嘯發現花廊裏已經坐了好幾位「戰友」，各自捧了一大束花。

「哈……」劉嘯笑了一下，沒想到自己也有今天，再看坐在最遠處的那位仁兄，此刻正正襟危坐，雙手合十，不知道在演練什麼臺詞呢，劉嘯覺得這人側影有點熟悉，便往前探了探身子，不由笑了出來，這不是小武表弟嗎？真是有緣啊，兩次回來都碰到他！

劉嘯拿起花，躡手躡腳地湊了過去，只見小武表弟一臉虔誠，嘴裏念叨道：「佛祖保佑，上帝保佑，真主保佑，玉皇大帝保佑，觀音娘娘保佑……」

「小夥子，要不要送子觀音也保佑你呀？」劉嘯突然開了口。

小武表弟嚇了一跳，從長椅上蹦了起來，等看見是劉嘯，先是一臉地意

外，然後就換了一副很不好意思的表情，把花往身後藏了藏，「劉哥，怎麼是你啊！」

「別藏了！我都看見了！」劉嘯說著把自己的花故意亮了亮，「呶，我跟你一樣！」

小武表弟撓了撓頭，「你這是給張小花的吧？」

「不是她還是誰？」劉嘯瞥了小武表弟一眼，「你呢，看中哪個女生了？」

小武表弟頭撓得越厲害了，「是……，是以前遊戲裏認識的！」

「你小子還真是幹什麼都離不開遊戲，找工作找遊戲公司，連找女朋友也找遊戲裏的，真是服了你！」劉嘯說到這裏，突然想起一事，「對了，上次你應聘遊戲公司的事怎麼樣了？」

小武表弟搖了搖頭，「本來都談妥了，結果我那假證被查了出來，事情就泡湯了！」

劉嘯嘆了口氣，自己上次抓住了小尾巴藍和黑鷹，可是卻把小武表弟給害了，不過這事也得怨小武表弟自己，他要找工作，直接去聯繫便是了，何必多此一舉弄那一個假證呢，「那你沒有再努力努力？」

小武表弟一揚頭，「別忘了，鍥而不捨可是咱的特長，事後我找他們公司解釋了一下，雖然工作的事沒成，但那公司的老總看我很誠實，敢作敢當，又覺得我在遊戲方面確實很有想法，就特准我去他們公司做實習生。週一到週五我在學校上課，週六周日去他們公司學習遊戲的製作方法和流程，那老總說了，等我畢業了，就去他們公司工作。」

「靠，不錯嘛！」劉嘯在小武表弟肩膀上狠狠一拍，「以前你小子整天就知道打遊戲，也沒個正經，把我們都給愁壞了，沒想到你稍微上點心，居然還挺厲害的！好樣的！呵呵！」劉嘯真沒想到，小武表弟這前後的變化也太大了。

「以前的事就不要提了！」小武表弟又開始撓頭了，「那時候太迷茫了，根本不知道自己能幹啥，也不知道以後自己要幹點啥，但自己又非常想幹出點事來，最後就鑽到遊戲裏拔不出來了。其實我現在倒挺感激那個賣假證的，雖然錢是打了水漂，但有了那個假證給我壯膽，我竟然做了很多自己以前想都不敢想的事。經過這些事，我也想明白，自己以前太浮躁了，總想著要做成這事做成那事，卻不知道要想做成事，其實也需要一個沉澱和積累的過程。」

劉嘯笑著拍了拍小武的肩膀，他很欣慰，小武表弟終於成熟了。

「好好幹吧！你能行的！」劉嘯此刻很激動，甚至都想立刻給小武打個電話，把他表弟的這個轉變彙報一下。

小武表弟又是一揚頭，「那是！別的不行，弄遊戲，我太在行了！」

劉嘯哈哈笑著，「你小子可也別太得意了！」

話剛說完，便見小武表弟神色一正站了起來，拽了拽衣服，捧花的手也緊了緊，眼睛看著遠處。

劉嘯順著小武表弟的目光看去，就見那邊走來一個女孩，那女孩皮膚很白，配著一頭波浪式的捲髮，就像一個瓷娃娃一樣。劉嘯捏了捏小武的肩，「別緊張，放輕鬆點，看在你這麼虔誠的份上，佛祖也不會不保佑你的！」

小武表弟深吸一口氣，「劉哥，那我先走一步，如果成了，我請你吃飯！」

小武表弟捧著那束花，揣著滿腹的希望和不安，朝女孩那邊迎了過去。

那女孩此時也看見了小武表弟，在那裏站住了腳，等小武表弟把花捧到她面前，她似乎是沒想到這花會是送給自己的，狐疑地看了半天，又猶豫了半天，不知道該接還是不接。

劉嘯看得有點著急，便吹了個很響的口哨，僵在原地的兩人才回過神來，看到周圍有好多人都在看自己，那女孩臉頓時一紅，趕緊接過那束花，逃也似的進了宿舍。

小武表弟像洩了氣的皮球，癟癟地回到劉嘯跟前。

「怎樣？你表白了沒？」劉嘯問道。

小武表弟搖搖頭，「太緊張，忘了說！」

劉嘯大汗，隨即安慰道：「沒事，既然她收了你的花，就表示對你不反感，你再加把勁，主動約一約人家，估計就成了！」

小武表弟嘆了口氣，坐在劉嘯身旁，「實習第一個月的工資，就買了這束花，結果還忘了表白，我真廢！」

劉嘯哈哈笑著，「這也需要個沉澱和積累的過程，況且，捨不得孩子套不著狼！你小子眼光不錯，我看那女孩挺好的，抓緊點！」

小武表弟看著劉嘯，「對了，劉哥，你當時是怎麼追上張氏的千金大小姐？說說，我也長點經驗！」

這下輪到劉嘯撓頭了，似乎自己根本就沒追過張小花吧，自己唯一的一次表白，就是在離開封明的火車站月臺上。至於張小花是什麼時候喜歡上自

己的，自己也不是很清楚，似乎她也沒明確表示過。倒是感覺自己和張小花是被張春生給逼到一起的，雖然張春生的本意是想拆散他們，但造成的結果，反而是讓兩人了解到對方喜歡著自己。

小武表弟看劉嘯坐在那裏臉色陰晴不定，不禁有些納悶，道：「劉哥，你在想啥呢？」

「沒……沒什麼！」劉嘯擦了擦頭上的冷汗，吸了口氣，道：「我突然想起，我也忘了向她正式表白了！」

「呃……」小武表弟這下傻眼了。

劉嘯看著手上的花，使勁捶著自己的腦袋，「我買這花有什麼用，應該再買點別的才對！」說著，劉嘯把花往小武表弟手裏一塞，「你幫我拿著，我去去就來！」

誰知小武表弟直搖頭，「來不及了！你看！」

劉嘯回頭去看，只見張小花正走了過來，她耳朵裏塞著耳機，走路也不看道，搖頭晃腦地走著，似乎心情不錯。

劉嘯一把拽過花來，咬咬牙，「先湊合著吧！」

「佛祖會保佑你的！」這下輪到小武表弟取笑劉嘯了。

劉嘯白了他一眼，朝張小花走了過去！

張小花正哼得高興呢，突然一個龐然大物闖進了她的視線，讓她嚇了一跳，以為自己撞到了前面的人呢，一個剎車抬頭去看，卻是一大束火紅的玫瑰，捧花的人腦袋藏在花後面，看不見！

估計張小花這陣勢見多了，當下撇了撇嘴，也懶得看花後面是誰，側身就晃了過去。

劉嘯眼看張小花從自己身旁大搖大擺地走了過去，「你……這……」

劉嘯回過神來，緊走兩步，伸手在張小花的腦袋上敲了個爆栗，吼道：「死丫頭！竟然敢裝作看不見我！」

「找死啊！」張小花突遭襲擊，耳機一摘，回身就準備發飆，誰知一回身，看見的卻是劉嘯，衝劉嘯的胸脯就是一記粉拳，「死小子，你怎麼會在這裏？嚇我一跳！」說完，看到了劉嘯手裏的花，神情一喜，也不等劉嘯發話，自己伸手就拽了過來。

「這是給我的？」張小花聞了聞，又數了數，然後皺著眉嘟囔道：「怎麼才這麼幾束？」

劉嘯大汗，說不出話來。

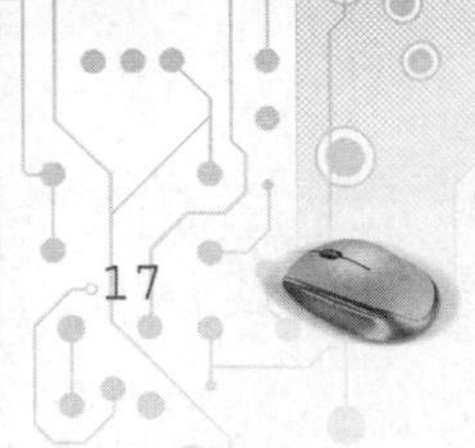

「也罷，看在你千里送花的份上，我就勉強收下吧！」張小花說完，一把拽過劉嘯，「你什麼時候到封明的，怎麼也不事先給我打個招呼？」

劉嘯想起上次海城的事，便開玩笑說：「自從你回封明之後，我非常後悔，為了不給你後悔的機會，我就直接殺了過來，嘿嘿！」

「我呸！」張小花當然知道劉嘯後悔的是什麼，當即臉一紅，拿起花就準備往劉嘯身上砸。

「姑奶奶，你就饒了這些花吧！」劉嘯趕緊抓住她的手，頓了頓，道：「我這次來封明，主要是來看你，另外，還要順帶辦點事！」

張小花收起了花，「辦什麼事？」

「唔，幫張氏花一筆錢，再順便看看OTE給張氏設計的新系統！」劉嘯笑說，「可惜來得不巧，你老爸去鳳城了！」

「花錢？」張小花有點納悶，「花什麼錢？」

劉嘯笑了笑，「算了，還是等你老爸回來，我親自跟他說吧！」

張小花狐疑地打量了劉嘯半天，「你不會是又要忽悠我老爸吧！」

「我這次絕對是要送一個天大的便宜給他，就看他要不要了，有好多人搶著要，我沒同意！」劉嘯聳了聳肩，隨即道：「你放心吧！」

小武表弟此時走了過來，「劉哥，小花姐，那……那我就走一步了！」

劉嘯點著頭，道：「你小子聽我的，回頭再加把勁，主動約約她，肯定能成的！」

「約誰？」張小花此時才看見小武表弟，道：「這不是小武表弟嗎？你怎麼也在這裏！」

小武表弟撓著頭，沒說話。

劉嘯笑道：「他和我一樣，也是給人送花來了！」

「是誰啊？」張小花頓時來了興趣，「她也住這棟樓嗎，哪個宿舍的？你的花呢？要不要我幫你叫她出來？」

劉嘯大汗，道：「花已經送出去了，但這小子剛才忘了表白了！」

「你小子真廢啊！」張小花戲謔地看著小武表弟，「她哪個宿舍的，叫什麼？回頭我去看看，幫你搞定！」

小武表弟一聽，興奮了起來，也顧不上不好意思，道：「就這棟樓，四二一室，陶佳。小花姐，你一定要幫我說說話，我……我請你吃飯！」

「沒問題，包在我身上！」張小花當即就給小武表弟做了主！

劉嘯瞪了張小花一眼，道：「你啥時候改行幹起了媒人啦？再說，這事

有包辦的嗎？你別回頭再給人家幫了倒忙！」

張小花還了劉嘯一個白眼，「本小姐出馬，沒有辦不成的事。當初你躲寢室不出來，最後還不是被我弄到我老爸那裏去了嗎？」張小花得意地看著劉嘯。

「這是一回事嗎？」劉嘯反問。

可小武表弟不這麼認為，他已經被張小花那信誓旦旦的樣子給迷惑住了，當下就拍了胸脯，「小花姐，我現在就請你吃飯！」說完，又有點不好意思道：「不過，我請不起什麼好的，食堂行不行？」

「行行行！」張小花連連點頭，「現在就走，你把那叫陶佳的資料再給我詳細說說！」說完，張小花迫不及待地推著小武表弟朝食堂走去，看來她對這事還真來了興趣。

「你……你等等我呀！」劉嘯狂汗，趕緊隨後跟上。

畢業之後，劉嘯便再也沒有吃過學校的食堂了，尤其是自己母校食堂的飯，也多虧了小武表弟這頓飯，又給了劉嘯一個回味的機會。

那兩人飯桌上談論的全是關於那個叫做陶佳的事，劉嘯一句話也插不上，只好埋頭扒飯，雖然飯菜很簡單，但劉嘯的胃再次嘗到這早已習慣了的味道後，竟是胃口大開。

劉嘯都吃完了，那兩人依舊討論得很興奮，劉嘯不住頭疼，他哪有閒心聽別人追女孩子的事，他自己到現在都還沒搞定呢。

劉嘯擺出一副認真在聽的樣子，腦子裏卻開始琢磨今天海城機場發生的事，他必須弄清楚姓方的那人的身分，以及他今天說那話的動機，不然自己以後就沒有太平日子了，不知什麼時候，那姓方的就會給自己再來一次下馬威。

也不知道那兩人討論了多久，最後是張小花的電話響了，她才不得不停下自己的話頭，拿出手機一看，推了推劉嘯，「我老爸的！」接了起來，只聽她連著幾個「嗯」、「好」，「知道了」後，便掛了電話。

「怎麼回事？」劉嘯問道。

「我老爸說他今天趕不回來了，還說給我帶了點東西，讓我明天回家一趟！」張小花看著劉嘯，「看來你今天是見不到他了！」

劉嘯看了看時間，道：「沒事！今天也晚了，就算他趕得回來，估計也累了，哪有精神聽我說事！」

劉嘯這麼一說，張小花才想起來，道：「你今天從海城飛過來，也一定

累了吧？」便對小武表弟說：「那咱們就散了吧，你的事包在我身上，我回頭就去給你辦！」

三人就此散夥。

「你這是去哪兒啊？」劉嘯看張小花的車子跑得有點不對路。

「當然是回家啊！」張小花嘿嘿笑著，「你不是說你很後悔嗎？今天我老爸不在家，這可是你挽救後悔的好機會吶……」

「不會吧？」劉嘯被張小花的話嚇了一跳，道：「你丫頭不會是又想讓我睡地板吧？」

「難道地板上還長了手，抓著你不讓你起身？」張小花反問。

這簡直就是赤裸裸的「暗示」嘛，劉嘯要是再不明白，就是個傻子了，他頓時興奮了起來，腦子裏浮想聯翩，孤男寡女、乾柴烈火的畫面全跳了出來，臉上也不由自主地冒起了紅光。

誰知前面一個路口，張小花突然一個左拐，岔進了一條小路。

劉嘯叫了起來，「錯了錯了，走錯了！」

「沒錯啊！」張小花戲謔地聳聳肩，「不好意思呀，我剛才忘了把話說完，我是說：今天是你挽救後悔的好機會，但本小姐是不會給你這個機會的！哈哈哈……，你就後悔去吧！」張小花得意地笑了起來。

劉嘯就如一個洩了氣的皮球，立時就癟了。

張小花把劉嘯安排到酒店後，就驅車返了回去，看著張小花的車子沒了影，劉嘯這才死了心。

第二天中午，劉嘯接到張小花的電話，說是張春生回來了，讓他趕緊過來，劉嘯到商場買了些禮物，便趕了過去。

是張小花開的門，張小花朝他做了個鬼臉，便轉身進去了，「趕緊進來吧，我老爸還等著呢！」

進了客廳，就見張春生坐在那裏，盯著面前的一個大花瓶皺眉，花瓶裏面插的便是劉嘯昨天送張小花的玫瑰。

「來了啊！」張春生聽到劉嘯的聲音，便打了個招呼，只是眼睛還是盯著那束花。

「坐吧！」不知道是他不喜歡這花，還是他不喜歡送花這種調調，反正皺著眉，有點不高興的樣子。

「張叔，你最近身體還好吧！」劉嘯問候著。

張春生點了點頭，此時才正眼看著劉嘯，「還行！你什麼時候到海城的，怎麼也不先打個招呼！」

「事情有點急，就沒來得及！」劉嘯笑說。

「急著過來幫我花錢？」張春生反問了一句。

劉嘯一聽這話，便回身瞪了張小花一眼，張小花則聳了聳肩，表示這事和自己無關，自己只是把原話轉達了一下而已。

劉嘯真是哭笑不得，自己昨天不過是和張小花開個玩笑，誰知張小花竟然把這話原封不動地轉告給張春生了，怪不得自己覺得張春生今天不太高興的樣子。

現在事情有點麻煩了，劉嘯準備好的那套說詞用不上了，張春生一定對自己有了成見，自己和張小花的事八字還沒一撇呢，就張口閉口要花張氏的錢，那張春生哪能高興。

稍微一琢磨，劉嘯便有了主意，笑道：「張叔你多心了，我今天過來沒有別的意思，就是來看望你的。一會我還得趕回海城去，機票都已經訂好了！」劉嘯說著，把自己買的那些禮物給放到了張春生面前。

「這麼快就要回去？」張小花有點意外，「你昨天不是說有事的嗎，還說要參觀ＯＴＥ給我們張氏設計的新系統。」

「本來是有事的，可是昨天晚上我又想了想，覺得這事張叔不能答應，再說，已經有好多人表示要掏錢了，我想就算了吧，海城那邊還等我回音呢！」劉嘯皺了皺眉，「至於那新系統，等安裝好了，隨時都可以看，下次我有空再過來看吧！」

張小花叫道：「你這不是耍我嗎，我都在我老爸跟前給你說了一大堆的好話！不行，你必須說，你說都不說，怎麼知道我老爸不答應！」

她這話聽起來像是責怪劉嘯，其實明顯是在幫劉嘯。

果然，張春生咳了兩聲，道：「嗯，劉嘯你有事就說，如果是好事，那我也會酌情考慮的。」他不得不顧慮到張小花。

劉嘯還是搖頭，「真的不用了，海城那邊確實是有很多人搶著要掏錢呢，就剛才我過來的路上，那廖氏也不知道從哪得知我人在封明，聯繫到我，說要和我談一談。」

「廖氏也準備摻和？」張春生有點意外，不過，這倒勾起了他的興趣，「你說，到底是什麼事！」

「這……」劉嘯一副無奈的表情，好半天才嘆了口氣，道：「也罷，我

就說吧。是這樣，張叔你一定還記得軟盟吧，他們的董事長你也認識，就是那個龍出雲，上次你也見過的！」

張小花使勁點著頭，「知道，知道，我還去過軟盟！」

張春生點了點頭，一提龍出雲，他就想了起來，是那個安全公司，劉嘯的第一個方案就是和軟盟合作的，後來讓邪劍給陰了，才換了ＯＴＥ。

「龍出雲現在決定要出售軟盟，我想張叔你一定會感興趣，就過來給你說一聲！」劉嘯笑道。

「軟盟？」張春生一聽是安全公司，興趣頓時就小了很多。

劉嘯早料到會是這樣，便道：

「本來我是這麼考慮的，第一，軟盟雖說規模沒有張氏大，但是世界知名的安全機構，單論在全球的知名度，張氏就大大不如軟盟了，軟盟在全球三十多個國家設有辦事處和分公司，使用軟盟產品的企業和個人，遍及五大洲八十多個國家，每年承接的國外專案至少有五宗，這些張氏都比不上。我知道張叔一直想把張氏打造成國際型的企業，收購軟盟就是個好機會，有了軟盟的那些海外網路和關係，張氏要走出去，可以少走很多彎路。」

「你再說說！」劉嘯此話正中張春生的心坎，他的興趣又被勾了起來。

「第二，軟盟佔有國內八成以上的安全市場，國內現在的安全市場正處於一個爆發期，前景無限。OTE給張氏設計的系統你肯定也接觸過了，其中的好處，我想就不用我來說了吧。所以，收購軟盟絕對不會賠本，只要守住軟盟現有的市場，以後便是坐著數錢的買賣，全國還有很多像張氏一樣的企業，他們同樣需要一個安全的網路辦公環境。」

張春生在心裏把算盤一撥，還真是這樣，就算是自己這麼保守的人，都願意花大錢給企業搞一套決策系統，這市場要是成熟了，肯定是前景無限。

劉嘯看張春生有點動心了，接著又道：

「第三呢，廖氏半年前就開始搞那個安全人才的計畫，準備進軍網路安全領域，我想張叔肯定也不願意落在廖氏的後面。廖氏那計畫雖說不錯，但就算認真經營三五年，也不一定能形成氣候，而軟盟就不一樣了，有人、有技術、有市場、有知名度，一旦張氏收購了軟盟，那就不是追不追廖氏的事了，而是一舉將廖氏甩在後面。」

劉嘯拿廖氏說事，張春生哪裡還受得了，這簡直就是天下掉下來的美事，只等自己去揀。不過，他很快就想起了一事，忙問道：「你剛才說廖氏也找你談收購軟盟的事？」

「這麼好的事，廖氏能不上來嘛！」劉嘯道。

「那你同意了沒？」張春生很緊張，他最關心的就是這點，這好事可不能被廖氏搶了去，他心裏又把廖正生咒罵了好幾遍，這老狐狸，如意算盤是打得不錯啊。

「我當然不會同意！」劉嘯笑著，「別說現在有好多人都搶著要收購軟盟，就是沒人，我也不會同意和廖氏談！」

「好，做得好！」張春生大聲笑了起來，「做得太好了，我估計這會兒廖正生那老王八一定鬱悶著呢。」張春生笑完，看著劉嘯，「那……」

誰知劉嘯卻搖了搖頭，嘆氣道：「可惜啊可惜，張叔你從來都不涉足自己不熟悉的領域，我也是昨天晚上才想起了這點，看來這事只能便宜別人了！」

張春生一聽就急了，「誰說我不涉足不熟悉的領域？這根本就是胡說八道！我現在就決定了，這錢我花！」

劉嘯看張春生上當，心裏樂得不行，不過還是裝出一副為難的樣子：「這……張叔，你千萬不要因為是我找你，就讓自己為難！我知道你之所以說這話，是在和廖氏鬥氣，你是想氣氣廖正生那個老王八蛋。這收購可不是件小事，需要的資金也不是小數目，你得好好想一想，不急著做決定。而且，龍出雲是信任我，才會把這事交給我去辦，我可不能到最後把人家給搞砸了！」

「絕對不會！」張春生拍了胸脯，「我說要買，就肯定會買，絕不會半路反悔。」

「這……」劉嘯咬咬牙，「你再讓我考慮考慮吧！」

「還考慮什麼啊，你來封明不就為這事嗎，花吧，我願意讓你花張氏的錢還不行嗎？」張春生是真急了，朝一旁的張小花使了使眼色，讓她也幫自己說幾句。

張小花當即會意，推了推劉嘯，「你怎麼這樣，想急死我老爸啊！」

劉嘯皺著眉，「其實，這事雖說龍出雲是交給我辦，但最後還得他來拍板。如果廖氏不攪和的話，我還有把握；但現在廖氏一攪和，我怕到時候事情沒辦成，張叔再怪罪我。那邪劍可是和龍出雲是摯交，怕是他開了口，我的話就不好使了。」

「不會，絕對不會！」張春生做著保證。

劉嘯一咬牙，「既然張叔興趣這麼大，那我豁出去也要幫張叔把這事促

成。」

「好好好！」張春生等的就是這句話，他提著的心終於放了下來，朝裏面喊道，「韓媽，中午準備一桌好菜，我要和劉嘯好好喝幾杯！」

「不用了！」劉嘯急忙推辭，「我都訂好回海城的機票了。」

「那就退掉！」張春生大手一揮，「一定要在封明多待幾天，明天OTE他們的系統就能裝完，我親自帶你到公司看看，你一定會大吃一驚的。」

「那……好吧！」劉嘯「勉強」答應了下來。

第二章　啟動儀式

「老張的面子不小嘛，一個小小的啟動儀式，竟然也折騰了這麼多人！」劉晨怕劉嘯不認識，便介紹道：「走在最前面的就是市長，市長後面是市裡工商聯的負責人，剩下那些，都是企業界有頭有臉的人物。」

飯桌上，劉嘯趁機說道：「張叔，其實來封明之前，就這次的軟盟收購問題，我還專門去諮詢了一下龍出雲。從他的話裏，我能聽出他的一些原則和底限，如果你真的對收購軟盟有興趣，我倒是有幾點意見，或許能幫上你的忙。」

張春生一邊讓韓媽給劉嘯倒酒，一邊笑道：「我當然有興趣，而且是志在必得，你有什麼想法儘管說。」

「那我就說了！」劉嘯頓了頓，「到目前為止，對軟盟有收購意向的大概有十來家，志在必得也有八九家，但龍出雲都不是很滿意，究其原因，無非是三點：一，軟盟是國內安全領域的老大，其他安全公司實力都不如軟盟，所以這些企業，龍出雲不會考慮；二，國外的安全機構有實力，但出售軟盟，就相當於將國內的安全市場拱手相送，龍出雲不願意；三，非安全領域的大財團，龍出雲又怕他們不懂技術，收購之後讓自己的人亂搞，葬送了軟盟的固有優勢。」

「這個龍出雲倒是有點想法，那你的意思是？」張春生看著劉嘯。

「張氏從沒涉及過安全領域，所以不存在前兩點的顧慮，因此張氏要收購軟盟，就得在這第三點上多做文章。」劉嘯舉例，「比如說，讓龍出雲相信張氏做好了進軍網路安全領域的準備，而且對經營安全領域有著極大的興趣和決心，還有，必須打消龍出雲對於『外行指揮內行』的顧慮。」

「哦，這我能做到，張氏有實力，而且肯定也有決心，一旦收購軟盟，我們張氏會把軟盟作為集團的一線子公司來運作，資金投入上絕不會有半點含糊。」張春生說。

誰知劉嘯卻搖了搖頭，「你說的這是張氏的計畫和打算，但我的意思是，你必須讓龍出雲覺得你說的這些都是可以信賴的。」

張春生覺得劉嘯這話有點繞口，便道：「那你說該怎麼辦，我照辦就是了！」

劉嘯咬咬牙，「那我就說了，如果有什麼說得不對，你不要生氣。」

「說吧，就事論事而已，不管說什麼，我都不會介意的。」張春生顯得很大度。

「我覺得你應該把你說的這些都寫進收購合同，而且對於自己的承諾，全部設立約束性的條款，龍出雲不怕你違約，自然也就放心了！」劉嘯頓了頓，「還有，你可以承諾收購後的軟盟仍然獨立營運，有權聘任自己信得過的營運官，這點也寫進收購合同，這樣龍出雲最後的顧慮也就打消了，張氏收購軟盟的希望就很大了！」

「這個……」張春生沉吟了起來，劉嘯說的這些，倒是可以打消龍出雲的顧慮，但對張氏卻是個大大的牽制，一旦把承諾寫進合同，就由不得自己反悔了，張春生可不願把話一下說死，那到時候自己將非常被動。

「還有一件事，我必須要對張叔你說清楚！」劉嘯看出了張春生的猶豫，便道：「龍出雲之所以要出售軟盟，也是有原因的，他這些年一直旅居國外，結果他聘用的那個營運總監，夥同公司的一些技術人員，幹起了網路非法斂財的勾當。哦，對了，張氏上次不是收到一封勒索信嗎，就是他們幹的，現在這些人已經被警方抓起來了，但這件事對龍出雲的打擊很大，所以他才會將軟盟出售。」

「還有這事？」張春生很是意外，「那就是說，現在軟盟自身出了極大的問題？」

「問題呢，就是這個！既然張叔對收購軟盟有興趣，那我就不能隱瞞。至於還要不要收購軟盟，就看張叔怎麼考慮了。」劉嘯說，「我之所以突然改變主意，不打算告訴你軟盟要出售的事，也是怕你有這方面的顧慮，」

劉嘯反倒勸張春生不要收購軟盟了，「再說，為了打消龍出雲的顧慮，張氏必須做出一些非常為難的讓步，我看實在不行就算了吧，其實張氏現在這樣經營也挺好的，雖說保守了點，但也穩打穩紮，軟盟這個攤子，就讓別人去冒險吧，反正要接手的人很多，就算條件再苛刻，也肯定會有人願意做出讓步的。」

張春生心裏又開始盤算起來了，他不明白劉嘯這話是什麼意思，到底是鼓勵自己收購軟盟呢，還是勸自己放棄軟盟？

生意人就是謹慎，他必須好好想一下才行，便舉起酒杯，笑道：「來，先吃飯，這些事不急，可以慢慢談。」

劉嘯笑著舉起杯子，他早摸透了張春生的個性，要是只說收購軟盟的好處，他可能會一時激動，頭腦發昏便答應了，可等冷靜下來，他便會覺得事情沒有那麼簡單，反而會心存戒心，猶猶豫豫地做不了決定。

可是你把好處和問題都說出來，甚至故意誇大一下問題，他會覺得事情原本就應該是這樣，然後會盤算收購軟盟到底是利大於弊還是弊大於利。劉嘯相信，張春生一定會很快做出一個明智的決定。

就算張春生做不了決定，劉嘯也會逼他做出決定的，因為劉嘯還有一步棋子沒有走。

飯一吃完，劉嘯便提出要走，「張叔，我還有事，就先走了！收購軟盟的事，你再好好考慮一下。」

「我會考慮的！」張春生笑著，「你要去辦什麼事？要不我讓司機送你過去吧！」

「不用了，我搭車很方便的。」劉嘯說。

「別客氣，就這麼辦吧，我現在就讓司機過來！」張春生轉身吩咐韓媽叫司機開車過來，然後道：「反正公司今天安裝新系統，我也閒在家裏，用不到車，今天下午司機就由你支配了，這樣辦事也方便。」

「真的不用了！」劉嘯還是推辭說。

一旁的張小花發怒了，「你怎麼那麼多廢話，讓你用你就用，別人想用，我老爸還不讓他用呢。」

張春生笑著點頭，沒說話。

原本他和劉嘯是很合得來的，只是後來覺得劉嘯對自己女兒有意思，這才對劉嘯有點厭惡起來。經過張小花離家出走的事，他也看開了，現在看劉嘯有好事，居然不計前嫌，第一個想到的就是自己，還不遠千里親自跑了過來，他對劉嘯的那點厭惡也就變得很淡了。

沒多久，車來了，劉嘯便告辭辦事去了。

出了名仕花園，司機問道：「劉經理，咱去哪兒？」那司機以前和劉嘯常來往，自然熟識。

劉嘯笑道：「叫我小劉吧，我早就不是什麼經理了！呵呵，你送我去正生大酒店！」

「正……正生大酒店……」司機一聽，激動地差點連方向盤也把不穩，「你不會弄錯了吧，咱們張氏是春生大酒店！」

「沒弄錯，就是廖氏的正生大酒店！」劉嘯笑道。

司機半天回不過神來，「這……不好吧，總裁和廖氏一向就不對盤，我平時開車，他就千叮嚀萬囑咐，說是寧可繞一百里的遠路，也絕不從廖氏門前過。」

劉嘯大汗，沒想到張廖兩家還真是打死不相往來的架勢，怪不得以前那兩個老傢伙見面，都得挑個第三方的中立場所。

劉嘯無奈地搖搖頭道：「你要是怕總裁說你，那就靠邊停，我自己搭車過去吧！」

「算了，我還是送你過去吧。」司機笑著搖頭，「就是總裁知道了，他也不能說我什麼，是他自己說讓我今天下午聽你差遣的。」

張春生的車子和車號，在封明是婦孺皆知，車子開到正生大酒店前，門口的保安立馬呆立當場，不管在哪裡看見這車，他都不覺得稀奇，可在這裏看到，他認為八成是自己的幻覺，這怎麼可能呢。

就在他一愣神的工夫，車子大搖大擺開了過去，停在了酒店門口。大門的服務生甚至忘了過去開車門。

劉嘯下車後，對那司機說道：「你回去吧，不用等我了，我辦完事自己能回去！」

「你去辦事吧，我自己知道怎麼辦！」看來那司機是不準備走了，劉嘯關上車門後，他便驅車往停車場去了。

劉嘯整理了下衣裝，走了進去。

此時那服務生才回過神來，趕緊從後面追上劉嘯，「您好，歡迎您來到正生大酒店，請問有什麼可以為您服務的？」

「哦，我找你們廖氏的網路事業部經理張仕海先生！」劉嘯微笑道。

「您好，三號電梯，十八樓，這邊請！」服務生趕緊在前頭帶路。

看見劉嘯進了電梯，那服務生敲了敲自己的腦袋，定了定心神，一邊揣測著劉嘯的身分和來歷，一邊跑到前面宣傳去了，張氏總裁座駕親自送人過來，這肯定是爆炸性的新聞，說出去誰敢信啊。

劉嘯到了廖氏門口，前臺接待小姐便微微欠身道，「先生你好！」

「我想見你們的網路事業部經理！」劉嘯把自己的名片掏了出來，「這是我的名片，我沒有預約，麻煩通報一下！」

「好，你稍等！」接待小姐便撥了張仕海的分機，提了劉嘯的名字，便聽電話裏張仕海說道：「讓他進來吧！」

「進門直走，盡頭左轉第二間辦公室！」接待小姐掛了電話後指示道。

「謝謝！」劉嘯按照指示，來到了張仕海辦公室的門口。

邪劍打開辦公室門，看見劉嘯，他還是那副冰冷的面容，「稀客稀客，沒想到我們還會在這裏見面。」

劉嘯也是冷冷地看著邪劍，「我不喜歡和你見面，只不過是受人所托，忠人之事罷了！」

邪劍有點意外，「請進！」說完，自己率先進了辦公室！

等劉嘯進來，他便問道：「不知道劉經理是受誰所托？」

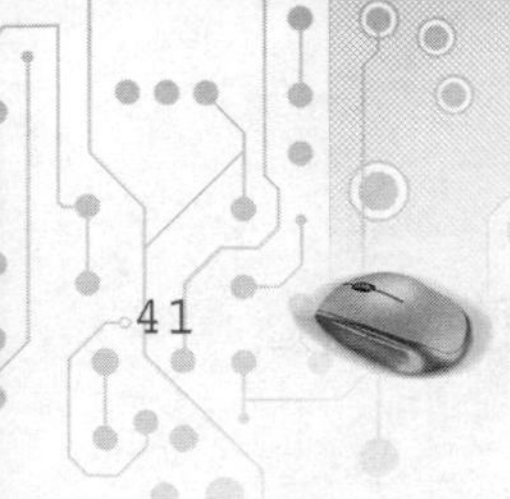

「糾正一下，我不是劉經理！」劉嘯也懶得給自己仇人遞名片，「我現在是軟盟科技的代理營運總監，我受軟盟董事長龍出雲先生所托，來轉告你一句話！」

「哦？」邪劍對於劉嘯跑到軟盟倒是有些意外，更不知道龍出雲有什麼話非要劉嘯來轉達，「請說，劉總監！」

「龍董事長說，當年之事，你是對的，是他看走了眼，他說如果有機會的話，他會親自過來向你道歉！」劉嘯把龍出雲的話轉達了一遍，這是來封明之前，他去找龍出雲請示自己擬好的協議條款時，龍出雲拜託他的事，否則，劉嘯肯定是打死也不會來廖氏的。

邪劍聽得一頭霧水，皺眉思索片刻，道：「能不能請你給我解釋一下呢，我不太明白這話是怎麼回事！」

「當年有人挑戰東邪、南帝、中神通三人，南帝、中神通先後敗在那人手下，最後一局，邪劍對陣那人，勝負未分，邪劍便潛逃出國。我說的，就是這事！」劉嘯看著邪劍，「事後你說自己是中了那人的圈套，還說那人心術不正，但龍董事長並沒有太把你的話放在心上，反而非常看重那人的才華，將他招攬至軟盟麾下，你曾預言龍出雲會為這個決定付出代價。」

「是有這麼回事！」邪劍點點頭。

「現在你可以得意了，你的預言變成了現實，那人在擔任軟盟營運總監期間，夥同公司的技術人員，大肆非法斂財，現在已經被警方一舉查獲。軟盟的技術核心幾乎全部喪失。」劉嘯並不避諱這些。

邪劍聽完，愣了半晌，才嘆道：「龍大哥這個人太善良了，喜歡結交朋友，但又太容易相信別人的話，他要是早聽我的話，軟盟也不至於會有今天這麼大的損失。我也聽說了他要出售軟盟的事，只是沒想到會是因為這事！」邪劍連連嘆氣，道：「那他現在人怎麼樣？」

「不管願不願意，事情都已經發生了，現在也只能接受！」劉嘯站了起來，「我話已經轉達到了，這就告辭了！」

「等一等！」邪劍站了起來，道：「聽說張氏這兩天正在安裝新的企業決策系統？」

「我現在已經不是張氏的人了，這事我不清楚，如果你感興趣，可以親自去張氏求證！」劉嘯說完，「還有什麼事嗎？」

「能不能告訴我，你當時把張氏的項目移交給哪個公司做了，我想知道誰可以在這麼短的時間內做完這麼大的系統！」

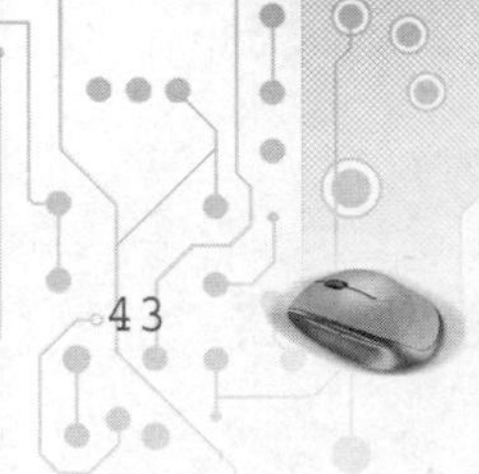

「你認為我會告訴你嗎？」劉嘯笑著，嗤了口氣，又道：「讓你這麼一說，我倒是想起一件事要告訴你。」

「說！」邪劍這次連「請」字都省了。

「軟盟之前的那個營運總監，也就是那個給你設圈套的人，他也給我設下圈套，引誘我攻擊一台機密伺服器，想讓我變成第二個你，結果反中了我的圈套，把自己折了進去。我想告訴你，我劉嘯已經不是當日的那個劉嘯了，如果我認為有人對我不利，我會將他置於死地的。」劉嘯頓了頓，「張廖兩家在企業決策系統上的比試，廖氏敗局已定，我奉勸你不要再打張氏新系統的主意了，這是他們兩家的私人恩怨，你可不要把自己也折了進去。」

劉嘯之所以說這話，是邪劍的話讓他突然想到，那廖正生肯定不願意看到張氏早於自己完成企業的決策系統，所以一定會攛掇邪劍針對張氏的新系統做出一些不利的動作。劉嘯這麼說，是警告，也是勸告，一旦邪劍對張氏新系統下手，別說自己不會袖手旁觀，就是ＯＴＥ，也絕不會放過攻擊自己系統的人。

劉晨對ＯＴＥ的介紹，劉嘯至今記得每字每句，這不是邪劍能惹得起的對手。雖說劉嘯和邪劍有仇，但他卻不願意再看到天才駭客只能在鐵窗裏度過餘生的結果。

可惜邪劍不領這個情，他認為劉嘯的話極大地蔑視了自己的尊嚴，當下毫不客氣地下達了逐客令：「我還有事在身，恕不遠送！」

劉嘯搖搖頭，轉身要走，到門口正要開門，誰知門卻被人推開了，外面站著一人，還沒看清辦公室裏的情形，便道：「張，我給你介紹我的一位好朋友，也是一位駭客高手……」

那人說到這裏，看到了劉嘯，便打住了自己的話頭，把劉嘯打量了幾遍，「這……這不是張氏的那個誰嗎？」

外面站著的這人，正是廖氏的少掌門廖成凱。

劉嘯點了點頭，朝廖成凱身旁看去，那裏站著一個老外，大概就是廖成凱所說的駭客高手了吧，劉嘯不由多看了兩眼，他很好奇，不知道這是哪路的高手。

廖成凱狐疑地看了劉嘯幾眼，不知道劉嘯怎麼會出現在這裏，「你有事嗎？」

「沒事！」劉嘯應了一聲，「幾句話，已經說完了。廖少總，告辭！」

廖成凱點了點頭，便招呼那老外進了邪劍的辦公室。

就在門合上的瞬間，劉嘯突然神色一變，他想起來了，那個老外自己見過，就是自己守候已久的Timothy。Miller給自己提供的那些資料，裏面就有此人的照片，雖然這人此時的外型和照片大有不同，但劉嘯敢確定，自己絕沒有認錯。

「Timothy怎麼會和廖成凱混在一起呢？」劉嘯站在那裏直皺眉，這確實令人費解。

劉嘯回到春生大酒店，張春生已經等在了那裏。

「張叔，不是說今天安裝系統嗎，你怎麼又來公司了？」劉嘯走過去問道。

「你剛才去廖氏了？」張春生問著，臉色有點不好看。

「是，有點事要去辦！」劉嘯笑著，「我就怕你知道後會有想法，所以沒敢對你明說。」

「想法？」張春生哼了一聲，「你要是早說自己是去廖氏辦事，那我也就不派車給你了，現在倒好，我一下午接到十來個電話，都是來問我是不是和廖正生和好了，還問是不是兩家要聯合搞什麼大項目了。」

「那些人見風就是雨，張叔你又何必生氣呢！」劉嘯坐在張春生的旁邊，給他倒了杯茶，「不過這也好，搞不好外人一看，還覺得是咱們張氏不計前嫌，風格高呢。」

「我怎麼就看不出哪裡風格高了？」張春生瞪了一眼劉嘯，又道：「我問你，你去廖氏，是不是跟他們談軟盟的事情了？」

「這怎麼可能，我是受人所托，向邪劍轉達一句話，話傳到後我就回來了！」劉嘯連連搖頭否認，「我說過了，就是廖氏想收購軟盟，也別想走我這條路線。」

張春生狐疑地看著劉嘯，他覺得劉嘯的話不可信，中午吃飯的時候，他還一個勁地勸自己再考慮考慮，最好不要冒險收購軟盟，這說剛一說完，他便轉身去了廖氏，這裏面肯定有問題。

張春生一時摸不清劉嘯的意思，是這小子覺得張氏收購軟盟希望不大，還是對張氏信心不足，怕自己半路反悔呢？

不過張春生還是道：「那就好，那就好！」

「張叔你大老遠跑來公司，不會就是為這事吧？」劉嘯笑說。其實他早就掐準了，只要張春生知道自己去了廖氏，肯定會追來的。

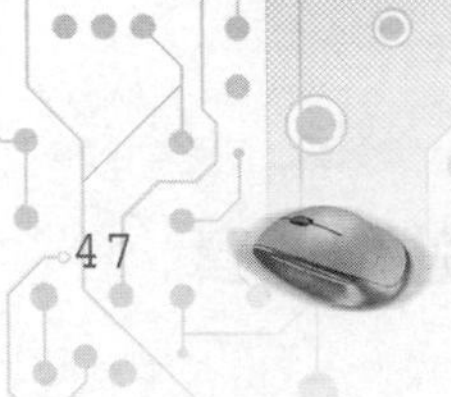

張春生哪能承認，連連否認，「不是不是，我來公司，是想再和你商量商量，看看怎麼才能增加咱們收購軟盟的勝算。我仔細想了想，覺得收購軟盟對於張氏來說，絕對是件大好事，應該去搏一搏。」

「張叔你要不要再考慮考慮？」劉嘯一副沉吟之色，「這次對軟盟志在必得的人太多，如果張氏想拿下軟盟，就必須開出比別人更優厚的條件，價格方面倒是其次，關鍵是龍出雲的那些顧慮，如果全部答應下來，這對張氏不公平，而且也不太現實，到時候你很難對公司的人交代。」

「這是我自己的事，我會考慮的，你就給我說說怎麼能促成這事就行了！」張春生一咬牙，「越是有人和我爭，就越說明軟盟有價值，這筆買賣我老張肯定是做定了，下多大的本我都認為值。」

劉嘯看著張春生，他知道張春生此時才算是下定了收購軟盟的決心，當下他也不再來虛的，把張氏收購軟盟的優勢和劣勢又仔細分析了一遍，並針對每一條，提出相應的意見。至於最後要怎麼做，那就不是劉嘯能管得了的，張春生久歷商海，他比劉嘯更知道該怎麼辦。

張春生這次聽得很仔細，也很用心，把劉嘯說的幾個要點還記了下來，確認沒有什麼遺漏的，便讓酒店給劉嘯準備飯菜，自己則上樓去了。看來他有點著急，大概是要連夜召集自己的智囊團來制定收購計畫了。

第二天一大早，劉嘯起來拉開窗簾，就見張氏的樓下十分熱鬧，黑壓壓圍了很多人。劉嘯有些好奇，匆匆洗了把臉，就下樓去了。

酒店前的廣場上彩旗飄揚，中間弄了個簡單的主席臺，上面鋪著紅地毯，背後的彩牆上貼著幾個大字：「張氏企業決策系統啟動儀式」，廣場上飄著十來個大氣球，氣球下面懸掛著來自各方發來的賀詞，來往的人都能看見。

劉嘯沒想到張春生還特地為這個決策系統準備了啟動儀式，口風可真夠嚴的，昨天竟然沒有向自己透露一絲消息。

「劉嘯！」背後有人拍了劉嘯的肩膀。

劉嘯回頭去看，卻是劉晨，「是你呀，真巧！」

「沒想到你小子也會跑來，真是有點意外！」劉晨挺了挺胸，一副故作嚴肅的樣子，「我是專門來參觀張氏的這個新系統的，ＯＴＥ的作品，我可得見識一下，看看是不是有傳說中的那麼厲害。」

劉嘯笑道，「你要來參觀，隨時都可以，就是想參觀一百次，張氏也都

不敢攔著，何必挑今天來湊熱鬧呢，人這麼多，估計也只能走馬觀花地看個熱鬧了。」

劉晨狠狠地剜了劉嘯一眼，「我願意，你管得著嘛！」

劉嘯無奈地搖頭，「你是封明的老大，你說了算，誰敢管啊！」

「廢話少說！」劉晨得意地看著劉嘯，「一會兒OTE的負責人來了，你幫我引見一下！」

「看是誰來，我只認識他們這次專案的負責人，其他人我也不認識！」劉嘯聳肩。

「走，先進去吧！」劉晨推了推劉嘯，「我聽說是十二點準時啟動那個新系統，還有一段時間呢，我們到裏面去等。」

兩人走進酒店大廳，找了個僻靜的地方坐了下去，劉晨向劉嘯打聽著她離開海城之後，劉嘯被誣陷那事的後續細節，還有這次軟盟的「網路間諜」事件，這些黃星只是跟劉晨簡單地提了一下，具體的細節並沒有說，所以劉晨很好奇。

劉嘯便把警方如何確認Timothy就是海城事件的元凶，自己又是如何追蹤到軟盟，最後揪出wufeifan的事簡單說了。

說完這些，劉嘯便想起了昨天自己在廖氏看見Timothy的事情，他不知道該不該把這事也告訴劉晨，正在猶豫，門口呼啦啦進來一群人，張春生也在其中。

「老張的面子不小嘛，一個小小的啟動儀式，竟然也折騰了這麼多人！」劉晨怕劉嘯不認識，便介紹道：「走在最前面的就是市長，市長後面是市裡工商聯的負責人，剩下那些，都是企業界有頭有臉的人物。」

就見那群人身後又進來幾個人，為首的那人劉嘯認識，他便拍了拍劉晨，「你要見的人來了！」便站起來迎了過去。

「你好，文先生！」劉嘯攔住了那幾個人。

文清此時也認出了劉嘯，便伸出手笑道：「是你啊，劉嘯，好久不見！怎麼，你這是來驗收我的工作來了吧！」

「哪裡哪裡！」劉嘯趕緊說道，「我來封明辦點事，剛好碰上了，就多待了一兩天。對了，我給你介紹一下。」劉嘯一指旁邊的劉晨，「這位是封明市網監大隊的負責人，劉晨，這位是OTE的文清先生，他是這次張氏項目的負責人。」

「文先生你好，久仰OTE大名！」劉晨伸出手。

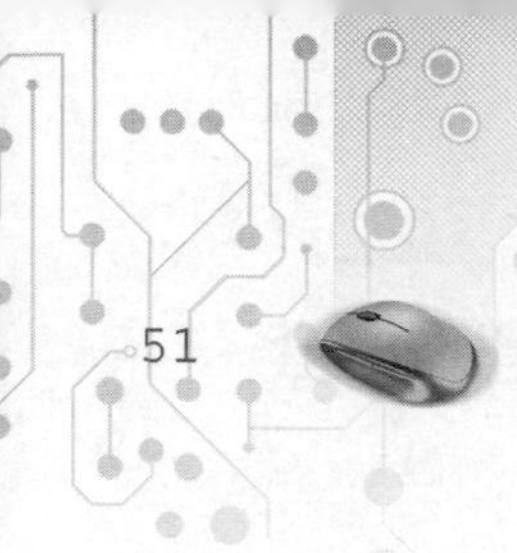

文清笑著，「劉警官過獎了！」

「文先生，張氏的這個系統什麼時候可以啟動？」劉嘯問道。

文清指著自己背後的那幾個人，「這幾位都是我們的檢測人員，他們今天趕過來就是要對安裝完成的系統做一次檢測，如果沒有什麼問題的話，張氏就可以使用這套系統了。」

「如果出現問題呢？」劉晨笑道，「你也看到了，張氏可是連市長都請來了，就等著新系統啟動呢！」

「如果出現問題，我們也有能力立刻解決掉！」文清有些不悅，「我們OTE的技術非常成熟，程式編寫人員在編寫過程中就已經做了反覆測試，所以不會出現大的問題。還有，今天只是對系統做一次功能性檢測，未來的一個月內，我們會繼續對系統進行加固，增強它的穩定性和安全性，這段期間只要發現任何問題，我們都會立刻解決掉。」

劉嘯趕緊轉移話題，對文清說道：「文先生，能不能借一步說話，我有件事想和你單談一談！」

文清轉身對身後那幾個人道：「你們先上去吧，儘快搞定！」就跟劉嘯走到了一旁的僻靜地方，「什麼事？」

「昨天我去了一趟廖氏，除了邪劍，我還看到了另外一個國際知名的駭客，我探了探口風，似乎他們針對張氏新系統有不利的舉動。你也知道，在我負責張氏新系統設計期間，便遭受過廖氏的暗算，我是想提醒你一下，明槍易躲，暗箭難防，張氏新系統試運行期間，安全工作一定要做好，一旦出了問題，對張氏和ＯＴＥ都不好！」

文清笑了笑，「謝謝你的提醒，你放心吧，雖說這個系統是企業級的，但安全方面，我們是按照國家級的標準來設計的，不是誰都能隨隨便便攻破的。」

劉嘯這才放了心，笑道：「看來是我多慮了！」

「你也是好心，如果沒別的事，那我就上去了！」文清走了兩步，又回過頭，邀請道：「你有空的話，不妨跟我一起上去，我可以給你詳細介紹一下這套系統的特點！」

「求之不得！」劉嘯趕緊應了下來。

一旁的劉晨也準備跟在劉嘯後面混上去，誰知文清在電梯門口一伸手，攔住了她，「對不起，劉警官，如果你想參觀這套系統，可以等系統正式運行之後再來。」

「為什麼？」劉晨看著文清，沒有退步的意思。

「沒有原因！」文清似乎很反感和警方的人說話，「請你配合，謝謝！」

這下劉嘯有些為難了，自己總不能把劉晨撇下，然後一個人上去吧，何況劉晨今天還專門提前給自己打了招呼的，她對ＯＴＥ的系統非常感興趣，劉嘯就想為她說兩句話，「文先生，這……」

誰知劉晨此時卻退後兩步，「也好，我尊重你們ＯＴＥ的規矩！」

劉嘯讓劉晨這來回反覆的態度搞懵了，還沒想好到底要不要開口呢，文清就已經關上了電梯的門。

電梯裏只有文清和劉嘯兩人，文清看著劉嘯，「你剛才說在廖氏看見了一個國際知名駭客，你說的是Timothy吧？」

劉嘯大愕，不知道文清怎麼也會知道Timothy，「你……你怎麼會知道？」

「我當然知道，其實所有不利於我們ＯＴＥ項目的人和事，我們都一直有在關注。」文清笑了笑，「你放心吧，如果廖氏請的是Timothy，那他們就更不可能來攻擊張氏的新系統了，就算廖氏要幹，Timothy也會攔著他們的。」

「為什麼？」劉嘯不知道文清這話是什麼意思。

「因為Timothy知道自己不是OTE的對手，他不會傻到去拿雞蛋碰石頭的！」文清說完，又皺了皺眉，「對了，你和剛才那女警官是什麼關係？」

「就是朋友！她並沒有什麼惡意，只是有些好奇罷了，她是想弄清楚你們肯接下張氏項目的原因。我對於OTE的瞭解，也是從她那裏聽來的，她非常推崇你們！」

「她都說什麼了？」文清很好奇。

「她說OTE只接全球性的大項目和星球以外的項目。」劉嘯笑著，「當然，前提是外星人能把企劃書遞到OTE手裏。」

文清笑了起來，「她說話倒是很有趣！」

電梯停了下來，到達了張氏辦公的樓層。

第三章　紙上談兵

劉嘯很無奈，也很沮喪，自己雖然曾捉刀張氏的系統設計，但那只限於紙上談兵，其實項目交給ＯＴＥ後，自己也很想親自將這個過程經歷一遍，但當時張春生都那麼說了，自己不走也不行。

此時在廖氏，邪劍和Timothy各自守著一台電腦，廖成凱則站在他們身後蹿來蹿去。

「好了，他們的系統開始運行了！」邪劍面前的電腦有了反應，閃出一螢幕的字元，他緊接著有敲入幾個命令，字元不斷刷新，「一切正常，能夠返回他們伺服器的訊息。」

廖成凱看了看自己的金表，「張氏的啟動儀式會在十二點整結束，完後帶嘉賓參觀體驗自己的新系統，從樓下的廣場到樓上辦公區，大概需要五分鐘左右的時間，不管你們用什麼手段，一定要他們的系統在十二點零五分癱瘓。」

邪劍也看了看時間，「現在時間還早，我估計他們是在做正式運行前的最後檢測，此時他們電腦的資料傳遞一定非常頻繁，我們剛好趁這工夫，把自己的掃描資料混入其間，在最短的時間內找出他們的漏洞，然後就可以準時發動攻擊，讓他們出醜。」

那邊Timothy點了點頭，豎起了大拇指，表示明白，說完，就朝邪劍事先給定的ＩＰ發出了探測資訊，很快，對方的系統傳回訊息，Timothy有些意外，連連搖頭，「這是我見過最糟糕的防護，就像是什麼防護也沒有一樣。」

那邊邪劍已經抄起自己的掃描工具開始探測張氏伺服器上的漏洞，他得出的結論也很奇怪，竟然探測出幾百個漏洞，邪劍傻了眼，「不會吧，怎麼會什麼漏洞都有呢！」

邪劍怎麼想也想不明白，就是個不懂任何電腦知識的電腦白痴，也不能做出這種全是漏洞的安全防護吧。

邪劍一時拿不定主意，回頭看著廖成凱，「這會不會是張氏的圈套啊？昨天劉嘯那小子也警告我別打張氏新系統的主意，怕是他們早有了防範！」

廖成凱咬了咬牙，「想想辦法，弄清楚是怎麼回事，無論如何，今天都不能讓張春生那老王八蛋得意！」

Timothy此時說道，「我有主意，不管它有什麼漏洞，只管挑一個漏洞攻過去，便什麼都清楚了！」

廖成凱笑了起來，「好主意，好主意！」

Timothy檢查了一下自己的跳板和工具，然後道：「我來吧，我已經做好多級跳板，也不怕他們耍什麼花招！」

Timothy隨便挑了一個漏洞，調出攻擊程式就攻了過去，幾秒鐘後，回

傳的訊息顯示攻擊成功，螢幕隨即又停滯了十來秒，然後Timothy便進入了張氏的伺服器！

但奇怪的是，這伺服器的介面和所有的系統介面都不同，它只有一個很奇怪的標誌，但沒有任何可以進行操作的地方。

Timothy一看到這個標誌，便大叫了起來，「不好！」說完便迅速退了出來，然後飛快地切斷那些作為跳板的電腦和自己的聯繫，到了最後兩台，他乾脆直接就破壞了這兩台電腦的系統。

「出了什麼事？」邪劍和廖成凱都對Timothy這個舉動感到莫名其妙。

Timothy關掉電腦，開始收拾自己的東西，「對不起，廖先生，你這生意我做不了，我得走了。我給你一個忠告，以後再也不要打張氏企業系統的主意了，想都不要想，否則你會吃大虧的！」

Timothy很快速地把自己的筆記本裝進了背包，然後往背上一背，「告辭了！」

廖成凱一把拽住Timothy，「Timothy，你我是多年的朋友了，就算你不肯幫忙，至少也得說明白這是怎麼回事吧。」

Timothy皺皺眉，道：「張氏的系統是OTE設計的，我剛才進去看到的那個標誌，就是OTE的標誌。OTE設計的系統，根本不可能有漏洞，那些漏洞明顯是陷阱，說不定這些陷阱就是為我們準備的，OTE的入侵追蹤系統出神入化，幾分鐘之內就可以繞過多層跳板，追蹤到攻擊源頭，如果不是我果斷，估計現在就被他們咬住了！」

「OTE？」廖成凱是第一次聽說這個名字，道：「既然你知道OTE，想必你也有辦法對付他們吧？」

Timothy搖了搖頭，「我對付不了，就算我能對付得了OTE，我也不會去惹他們的，因為OTE的背後還有高人，他們才是最厲害的人，別說是惹，我躲都躲不及呢！我這次來，是有正事要辦的，我這些日子小心潛伏，生怕被OTE背後的人給發現，誰知道到封明這種小地方為了幫你的忙，差點就栽了進去！」

一旁的邪劍有點納悶，這廖成凱請來的老外不會是個半吊子吧，一個聽都沒有聽說過的軟體公司就能把他嚇成這樣，真不知道他還能幹成什麼事，簡直就是個廢物嘛！

廖成凱被Timothy這話給說懵了，一時不知道該怎麼辦，「Timothy，你不會是嚇唬我的吧！」

Timothy不耐地擺了擺手，道：

「我這麼說吧，世界上有一半以上的跨國企業，還有八成以上諸如奧會、國際足聯、WTO此類的全球性組織機構，他們的安全系統都是OTE設計的；還有微軟、蘋果，他們近兩年六成以上的核心技術，也是從OTE購買的，甚至微軟即將要推出的下一代作業系統，核心代碼也是從OTE手裏購買的。美國航空總署的系統，包括太空梭和外太空探測飛船，所有的作業系統都是OTE設計的，還有……」

Timothy突然住嘴，懶得再說什麼，道：「反正我該說的也說了，你要是不信，儘管去試！」

說完，Timothy便匆匆離去，似乎在廖氏多待一秒鐘，也會給自己惹上麻煩。

屋子裏只剩下邪劍和廖成凱，兩人傻傻愣在那裏，半天沒回過神，心裏都不禁冒出一個問題，這Timothy會不會是瘋了？

「現在怎麼辦？」邪劍看著廖成凱，「咱們還弄不弄了？」

廖成凱在屋子裏踱了兩圈，一咬牙，道：「先不弄了，你收拾收拾，跟我去一趟張氏，我倒要去會一會那個叫做OTE的公司，看看張氏的系統有何神奇之處！」

廖成凱雖然也覺得Timothy的話太過於荒誕離奇，但為了謹慎起見，他覺得應該親自去驗證一下。

邪劍便關了電腦，收拾了一下，兩人便趕往張氏。

此時劉嘯正站在張氏的辦公區內。文清指揮著那幾個測試員進行最後的系統測試，OTE有現成的檢測工具，可以模擬出各種操作環境，以測試系統的穩定性和處理能力。

劉嘯左右看了看，現在的張氏，連辦公環境都重新裝修過，OTE系統所需要的其他硬體，都安裝在各自的位置上，不注意看的話，還真看不出來。

「看出點什麼沒有？」文清安排完，轉身看著劉嘯。

劉嘯搖頭，「張氏還沒有開始辦公，看不出什麼來！」

「呵呵……」文清笑著，拍了拍劉嘯肩膀，「走，我秀給你看！」

文清走到一台電腦前，「你看，所有電腦的系統，我們都修改過，安全性可以保證，而且系統內建了反間諜反病毒的裝置，即便遭受了病毒攻擊，

也不會擴散到公司其他的電腦上！」

文清晃動了一下電腦上的指標，螢幕立刻鎖死，彈出一個提示框，「請驗證身分後再登入系統！」

「電腦總共有三層身分驗證，分別是員工帳號密碼、指紋、個人問題，驗證無誤後，才能使用電腦，一旦員工使用他人的電腦，此次操作便會被記錄下來，所以在資訊安全方面，這套系統絕對不會出什麼問題！」

文清在桌子上的指紋識別器上按了一下，隨即螢幕的鎖定解除了，現在顯示他是以測試員的身分登陸這台電腦，「雖然是三層驗證，但操作並不繁瑣，也不會耽誤時間，這是指紋、磁卡三合一的驗證器，每個員工配有一張工作磁卡，只需磁卡往上一照，員工的帳號姓名便已確定，然後再把指紋一按，兩下一印證，基本就不會錯了，至於那個個人問題，則是用來防備萬一之用的。」

劉嘯笑說：「這個方法確實省事安全，而且員工的磁卡還能有其他很多的用途，比如上下班打卡、門禁檢測，挺好的！」

「我們把更多的任務交給系統本身來執行，節省了大量的中間環節和人力操作。」文清想了想，「舉個例子，比如說，現在公司有一筆業務，需要派人出差，系統會自動列出符合條件的人選，然後自動指定一人，這名員工隨即會收到出差的確認書，如果他願意出差，系統會詢問他出發的時間，確認無誤之後，系統便會自動備案，交給人事部留底，然後幫他訂好車票。在這名員工出門的時候，系統會保證他能一手接到車票，一手接到出工單。」

文清說：「這只是個例子罷了，其實只要不牽扯到公司戰略層次的決定，系統都可以自主決定。這樣說吧，只要公司的決策者定好了公司的發展方針和戰略，系統便會按照這個決定忠實地執行，即便是決策者一年半載不露面，系統也會把公司經營得有條不紊。」

劉嘯此時眼睛直了起來，其實他之前設計的時候也想這麼做，但是系統完全自主，需要協調的處理技術太嚴格，一旦其中一個決定錯誤，便會導致連環錯誤，所以後來劉嘯設計的時候，只好走半自動化路線。而ＯＴＥ竟然敢保證自己系統的協調處理能力絕對不會出錯，這確實讓劉嘯很驚訝和佩服。

文清以為劉嘯仍有疑慮，便又說道：「這個系統最核心的功能，便是企業決策功能，它有風險預警功能，會隨時根據企業自身的運行狀態和外部環境的變化，做出一系列的調整報告，決策者可以根據這些報告做出新的決策，所以你不必擔心系統無法長時間維持企業運轉，它會自動協調企業上下層的關係，促使企業不斷自我更新完善。」

劉嘯搖了搖頭，「我不是擔心這個，是我沒想到ＯＴＥ能夠完成如此複雜的程式設計！」

文清笑了笑，「系統還有許多其他方面的功能，很瑣碎，我就不一一介紹了。我們做過很多比這更複雜的系統，所以張氏能想到的，我們都能想到；張氏想不到的，我們也會幫它想到。即使張氏有一天成為國際一流的超大型跨國企業，這套系統也能完全支援一切運作，我們的系統具有很強的彈性。」

文清此時突然開著玩笑，「這個彈性只限於系統的生存和適應能力，但它的操作是沒有任何彈性的，任何人都別想利用它打歪主意。」

劉嘯也笑了起來，「我相信ＯＴＥ完全能做好這個彈性的尺度。」

「呵呵！」文清手一伸，「走，再去那邊看看，你有什麼問題，可以儘管問我！」

兩人來到角落，文清又給劉嘯介紹了幾種系統用到的設備，都是一些不知名的公司製造的，但功能和技術卻完全超越了那些國際知名企業，劉嘯被這些設備給驚呆了。

「文經理！」此時一人走過來，「我們的伺服器剛才被人攻擊了，系統只追蹤到對方的兩層跳板，便失去了和對方的聯繫，我估計對方是個熟悉我們OTE的高手，可能是看到我們的標誌後，主動撤退了。你看要不要繼續追蹤？」

「不用了！你去忙吧！」文清擺了擺手，轉身笑道：「我估計剛才攻擊我們的人就是Timothy了。差點忘了告訴你，我們的系統還有一套獨有的追蹤系統，這套系統可以同時對一百二十八個攻擊源進行追蹤，只要攻擊駭客使用的跳板不超過七層，追蹤系統會在三分鐘之內鎖定對方的位置！」

劉嘯咋舌，「這不可能吧！三分鐘……」劉嘯打死也不相信，自己又不是沒有追蹤過，怎麼可能呢！

「為什麼不可能？」文清笑說，「如果失去了和對方的連結，那三分鐘是不可能，但只要保持連結就有可能！」文清看著劉嘯，「你也是這方面的高手，好好想一想！」

文清的話提醒了劉嘯，他以前大多屬於事後追蹤，而且很多時候入侵發生時自己無法察覺，因此很少研究這種線上追蹤的方式；現在他一琢磨，倒

也覺得應該是有什麼方法可以在對方保持連結的情況下進行追蹤的，但一時卻想不出來。

「檢測已經全部做完了，系統正常，可以交付給客戶使用！」檢測員道。

「好，我知道了，你們收拾東西，準備撤吧！」文清說完，看看手錶，張春生的啟動儀式馬上就要開始了，他不得不過去推了一把劉嘯，「劉嘯，我得下去了，那個啟動儀式我得出席一下。」

劉嘯才回過神來，「哦……，那我們一起下去吧！」

走到電梯口，劉嘯突然想起一件很重要的事，道：「文大哥，我記得為了後續開發方便，張氏是把這套系統的版權也買了過來吧？」

文清想了想，說：「這個我倒忘了，協議我也沒仔細看，既然總部已經決定要和張氏合作，不管是什麼條款，都會答應的！」文清看著劉嘯，「怎麼，你想要這套系統的源代碼？」

劉嘯點了點頭。

文清皺眉道：「我請示一下總部吧，我們ＯＴＥ還沒有出售源代碼的先例。」文清的話，似乎是印證了ＯＴＥ的辦事風格，他們只做自己要做的事，根本不受任何制約，如果ＯＴＥ總部不同意交出源代碼，那之前的協議也就是一張廢紙。

劉嘯巨汗，不知道說什麼才好。

文清嘆了口氣，「我想可能是因為你那個介紹人的關係，總部看到和張氏的協議後，對你挺關照的，當時曾通知我，這套系統的設計製作流程，完全對你公開，你可以親身經歷我們系統出爐的所有過程，這樣你可以學到不少的東西。誰知我們的實地調查剛做完，你便辭職離開了張氏，錯失了這個好機會。你放心，源代碼的事我會請示總部的，不過，你不要抱太大的希望！」

文清拍了拍劉嘯的肩膀，以示安慰。

劉嘯很無奈，也很沮喪，自己雖然曾捉刀張氏的系統設計，但那只限於紙上談兵，其實項目交給ＯＴＥ後，自己也很想親自將這個過程經歷一遍，但當時張春生都那麼說了，自己不走也不行。

到了樓下大廳，剛好張春生也陪著客人走了出來，看樣子儀式準備要開始了，文清過去打了個招呼，便跟在這些人的後面，一齊站上了外面廣場中間的主席臺上。

劉嘯就在大廳裏找著空位，想休息一下，誰知還沒坐下，旁邊一台電梯門一開，張小花和劉晨兩人說說笑笑走了出來，看見了劉嘯，不由分說，便拽著他出去看熱鬧去了。

市長正在主席臺上大談張氏企業決策系統啟動的意義和歷史價值，劉嘯一聽就頭疼，他四下來回梭巡，卻意外地看見了邪劍和廖成凱。

劉嘯捅了捅張小花，「看那邊！」

張小花正聽得來勁，不耐煩地白了劉嘯一眼，順著劉嘯指的方向看去，也是驚訝不已，「這兩個人怎麼來了？」

一旁的劉晨此時也看見了，同樣是一臉的不解，昨天就聽傳言說張春生的座駕去了廖氏，今天便看見廖氏的少掌門親自到場觀看張氏企業決策系統的啟動儀式，難道這兩家合好了不成？不過聽張小花的意思，應該是沒和好，那廖成凱怎麼會出現在這裏呢？一旁還有邪劍作陪，難道他們是奔著張氏的系統來的？或者也和自己一樣，是奔著ＯＴＥ來的？劉晨便不由對廖成凱他們的行蹤注意了起來。

「不行！」張小花沉著臉，「我找保安把他們趕走，太晦氣了！」說完，她便要去找保安。

劉嘯伸手拽住她，「別急，先看看他們要幹什麼！」

「那我也得盯著他們！」張小花說完，打了個電話，便見酒店出來幾個保安，在廖成凱周圍來回轉悠，只要他有個什麼異動，估計保安就不客氣了。

此時市長的大道理終於講完了，換了張春生發言，張春生的話倒也簡練：

「謝謝市長，謝謝諸位到場的嘉賓和朋友，謝謝所有張氏的員工以及支持張氏的各界朋友。在今天這個張氏企業決策系統啟動的儀式上，我老張要表個態，今天的決策系統只是一個開始，張氏今後要走高科技路線，徹底擺脫目前這種落後的企業運作模式。

「我們和負責這次項目的OTE公司正在商談雙方的下一步合作計畫，為我們的春生大酒店設計一套全世界最先進的智慧貼身管家系統，那時的春生大酒店，將會成為國內最先進的五星級大酒店。除此之外，張氏也已經做好了全面進軍高科技產業的準備。我有個願景，希望五年之後，張氏會成為封明市高科技產業的中流砥柱，成為封明最大、全國一流、國際知名的超大型企業，成為我們封明市最耀眼的一顆恆星！」

「好！」張小花叫了起來，為自己父親的演講喝采打氣。

劉嘯卻皺了皺眉，張春生這話，等於是告訴自己，收購軟盟，張氏是志在必得；這劉嘯早就料到了，但劉嘯不知道張春生又是什麼時候決定要和OTE再度合作，文清之前也沒有提過這事，不會是張春生隨口一說吧！

劉嘯往廖成凱那邊瞥了瞥，發現廖成凱今天挺老實，張春生說要做封明老大，那自然就是針對廖氏而言了，現在整個封明，就這兩家在爭頭把交椅，廖成凱居然也不動聲色，看來這小子來這裏是別有目的啊！

張春生此時在臺上宣布：「張氏企業決策系統正式啟動！」一時間，禮炮齊鳴，彩球也嘩啦啦飛上去一大片。

張氏的員工開始往樓上走去，休息了兩天，終於可以開工了，他們都迫不及待想體驗一下新系統，個個手裏攥著自己的員工磁卡。

張春生和文清此時陪著嘉賓們也慢慢往樓裏踱去，準備給嘉賓們介紹一下這套系統，很多看熱鬧的人，包括封明市的一些媒體，也混在人群裏往酒店湧去。

廣場上很快就只剩下劉嘯這邊三個人，還有那邊廖成凱兩人，幾個保安依然在廖成凱周圍繞來繞去。

劉晨見這兩人不動，有點著急，「咱們上去吧，我也想看看這套新系統！」

張小花再次瞥了一眼廖成凱，道：「好，我們上去！」她是擔心廖成凱也跟自己上次一樣，大鬧張氏的啟動儀式，這才叫保安過去監控，現在啟動儀式已經順利結束，她也就懶得再理廖成凱了。

三人來到張氏辦公區，張春生正在給市長介紹著：

「市長請看，在我們張氏的辦公區內，是不設碎紙機和廢紙簍的，這套系統已經可以做到無紙化辦公和電子簽名，既安全可靠又方便快捷，還做到了綠色環保，每年可以節省不少的紙張。以前和分公司處理一些業務，打電話、發傳真，有時候下面還是無法領悟我的意思，最後還得自己親自跑，現在整個集團進行視訊辦公，有這個系統的協調，一點問題都不會出。」

「我看你們不光是節省了紙張，還省了不少的交通費和住宿費嘛！」市長很高興，開著玩笑，「我看這些功能，一定是你這個一毛不拔的鐵公雞想出來的吧！」身後的一群人發出笑聲。

張春生笑說：「讓市長見笑了！」

張春生又指了指牆上一些不容易被發現的設備，「這些設備，我老張也不大懂，反正就是用來控制室內的溫度濕度，還有保安的，聽說是保持一定的辦公環境，可以讓員工們的效率提高。」

張春生帶著市長又走到自己的辦公室，指著秘書桌上的一盞燈，道：「這個燈的用途，我倒是知道，每天只要我一進酒店的大樓，這個燈就會亮，然後秘書就會給我沏上茶，然後把我的日程安排和所需的資料都放到桌上，我一進辦公室就能辦公。對了，員工們也一樣，他們一進大樓，他們的電腦就會自動啟動，這樣可以節省不少的時間，如果他們離開公司，電腦忘記關掉，系統會自動幫他們關掉，可以節省不少的電！」

「呀，真神奇！」市長看著那個燈，「你這系統可真是不錯，如果我們市政府也能裝上一套，那老百姓也就不會抱怨我們政府辦事效率低了。」

市長說完，站在那裏嘆息不已，絲毫沒有離開的意思。

張春生扭頭看著文清，「文老弟，你看看，市長真是一心為公，時刻都惦記著要為全市的老百姓服務。我看如果你們ＯＴＥ人手能騰開的話，就給市政府也設計一套辦公系統吧！」

張春生拍著胸脯，「你放心，這筆錢由張氏來出，你說個數，我現在就可以把錢匯過去，我們張氏這些年在封明能夠得到這麼好的發展，全都離不開市政府的大力支持和全市老百姓的厚愛，這套系統，就算是我們張氏回報全市的老百姓。」

市長一聽，連連擺手，「這不行，絕對不行！平時市裡已經麻煩你們很多了，你看看，只要市裡有困難，你們張氏總是衝在第一個，這次怎麼說都不行！」

「怎麼！」張春生瞪眼了，「難道只能市長全心全意為人民服務，就不能我們這些企業家回報社會了，這不行，絕對不行！」

文清尷尬地看了看這兩人，咳了兩聲，「這個我做不了主，我們手上的項目實在太多，能不能受理你們的這單業務，我得請示一下總部才能知道！」

市長的臉有點難看，文清的話讓他很不爽，難道別人的項目能比我們市政府的還重要嘛，真是豈有此理。

張春生看出了市長的不悅，當下便道：

「項目再多，不是也得分個輕重緩急嗎，市政府的項目，可是關乎全市上百萬老百姓福祉的大事。文老弟，這點你一定要跟你們總部說清楚，務必

要優先考慮我們的這套系統！」

文清也不好說什麼，「我會試試的！要不這樣吧，我現在就去聯繫一下總部！」

張春生大喜，「如此最好，如此最好！」

文清呼了一口氣，轉身離開，讓他伺候這些官老爺，他還真是難受得緊，打著幌子就趕緊撤退了！

市長看文清走遠，這才朝張春生笑道：「這個什麼OTE的公司，是什麼來頭？說話口氣倒是挺大的嘛！」

張春生笑道：「他們這些搞技術的，說話就這樣，你別見怪！」

市長擺了擺手，「不說這個，你繼續給我介紹介紹，看你們的系統還有什麼功能！」

「這樣吧！我已經讓酒店備下了飯菜，咱們過去邊吃邊說。」張春生笑著，「就是簡單幾個菜，市長千萬不要推辭。」

「那……」市長想了一會兒，「既然老張你這麼熱情，那咱們就卻之不恭了！」

張春生趕緊領市長他們往外走，一邊招呼著其他的客人，「對不住，對不住，這電梯有點小，午宴就設在八樓的自在軒，我前面領市長過去，大家隨後跟上，有什麼照顧不周的地方，還請大家見諒！」張春生說完還不忘吩咐自己的秘書，「小李，你幫我招呼一下！」

回頭看見劉嘯和張小花，張春生又道：「劉嘯，你去找一下文清，然後一起過來。」

劉嘯只好去撥文清的電話，文清卻說自己有點事，稍後會自行趕到，讓劉嘯他們不要等自己。

「那我們先去吧！」張小花說道，「劉姐也一塊去，湊個熱鬧！」

劉晨有些沉吟，她今天來就是想見識一下OTE的系統，現在系統只看了個大概，她還不想走，「這……」

「走吧走吧！」張小花已經不由分說，將劉嘯和劉晨分別拽住，一起拖進了電梯。

來到自在軒，就看外面大廳的幾張桌子上已經坐滿了客人，酒店的服務員正在上酒水和涼菜，張春生和市長他們都不在，看來他們一定是坐進了裏面的包間。

張小花便拽著兩人，過去敲開了包間的門，卻見裏面偌大的桌子，卻只坐了四五個人。

市長早已認識張小花，當下對張春生笑道：「這不是你的寶貝千金嗎？來，進來坐吧！」說完，市長又瞥見了後面的劉晨，當下有些意外，站了起來，「小劉，你也在這裏啊，我剛才怎麼沒看見你，來，快進來坐！」

市長竟然親自招呼劉晨坐在自己的位子上！

張春生有點意外，也趕緊站了起來：「這位是？」

「這位是咱……」市長很興奮，準備介紹。

卻聽劉晨咳了一聲，叫道：「鄭叔叔好！」

市長當即笑道：「這位……這位是我一位故交的千金寶貝，劉晨，現在在咱們市裡擔任網監大隊的大隊長！」

張春生伸出手，笑道：「幸會，幸會，劉警官這真是巾幗不讓鬚眉啊！」

「大家不要客氣，坐吧！」市長此時也不再客氣，自己就先坐了下去，張小花和劉晨便坐在了劉嘯左右兩旁。

市長這才覺得有點不對勁，看著劉嘯想了半天，沒認出這是誰，便向張春生詢問道：「這位是……，有點面生吶！」

「小女的一位朋友！」張春生簡單說了一句。

劉嘯原本以為市長不會看到自己了呢，現在只好站了起來，道：「市長好！」

市長擺擺手，示意劉嘯不必客氣，轉身又看著張春生，笑道：

「今天我真的很高興，咱們封明市雖是個小城市，但能夠出了你這麼一位與時俱進，勇於開拓創新的企業家，我很自豪，也很欣慰。」

「市長過獎了，咱老張也就是小打小鬧，讓你見笑了！」張春生客氣著。

「我自從到封明上任，就無時無刻不在思考著將封明做大做強，你出了不少力，也幫了不上忙。」市長嘆了口氣，「慚愧的是我才疏學淺，能力有限，幾年時間，也就勉強維持了個不死不活的狀態，真是有點對不住你對我的這些支持啊，也辜負了全市百姓的期望！」

「市長你這就太謙虛了！」張春生很不贊同，「咱們市這幾年的發展那是有目共睹的，就差最後那幾步了，咱們就要成功了！」

「唉……」市長又是一聲嘆息，「如果全市的企業家都像你一樣，事情

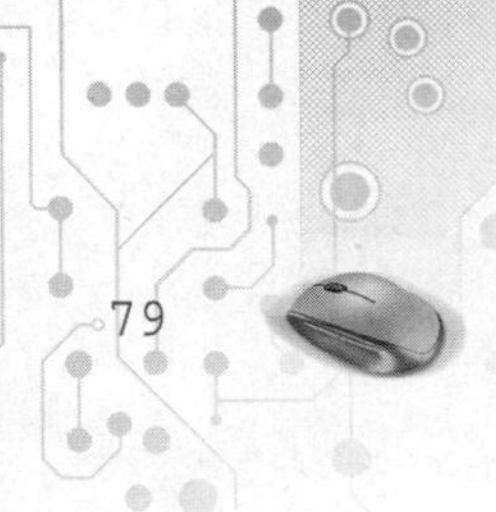

就好辦多了！企業家就要有企業家的責任，不能光顧著悶頭發展自己的企業！老張吶，你不能光在財力上支持政府，如果能有什麼好辦法把咱們封明做大做強，也要踴躍地獻計獻策。把咱們封明搞好了，你的企業也能有更大的發展空間，對不對？」

「那是，那是！」張春生說完咬了咬牙，「市長要是不說這話，我或許還有些拿不定主意，既然你這麼說了，那我就說了啊！其實我還確實有個主意，憋在肚子裏很久了，一直不知道該不該說！」

「說嘛！」市長一副大度的樣子！

「這個問題，其實是剛才那個文清問我的！」張春生不好意思地笑了笑，「之前我看OTE給張氏的系統做得好，就央求他們再給我的酒店做一套世界最一流的貼身管家系統。結果文清問我，說在封明這種小地方搞那麼奢侈的大酒店，有什麼用處呢，有誰會來這偏僻的地方消費呢？」

市長的臉色便有些不好看，對文清的印象更差了。

第四章 連環圈套

劉嘯撇了撇嘴，兩個罪名孰重孰輕，那些人當然都明白，前面那些罪行，本來就是他們做下的，現在認也就認了；可入侵軍方伺服器，是他們反中了劉嘯的圈套，當然不會為劉嘯去背這個黑鍋。

張春生繼續說道：「當時我也很鬱悶，咱們封明確實是有點小了，所以我最近一直在想要怎麼才能把封明的市場搞大，然後吸引全世界的有錢人都來咱這裏投資消費。」

「那你肯定是想出什麼高招了？」市長笑呵呵地看著張春生。

「後來，我聽文清說，他們OTE有個世界一流的企劃團隊，要為我們張氏做一個全盤的企業運作流程規劃。我就開玩笑地問他，你那企劃團隊能不能也給封明做個企劃，看看能有什麼辦法也把封明弄火？」張春生說到這裏很興奮，「結果文清說，OTE的團隊別說是為一個城市做規劃，就是給一個國家做規劃，也是綽綽有餘的，只是收費很貴！我當時不信，以為他開玩笑，就說你去做吧，如果我滿意，再多錢我也掏！」

「結果只幾天的工夫，文清就給我送來一份規劃報告。說實話，我是真服了，我老張經商幾十年，見過的策劃書，沒有一萬也有八千，但OTE的這份策劃書，卻是我見過最可信、最可行、最大氣、最厲害的一份，看完之後我無話可說，當即就給OTE匯過去一千萬！」張春生搖了搖頭，「什麼叫做專業，什麼叫做妙手回春，我算是見識到了，真是天外有天，人外有人，咱們認為是千難萬難的事，到了人家哪裡，根本就不叫個事。」

市長被老張這話說得興頭上來了，「你快說是什麼方法！」

張春生往市長跟前湊了湊，道：「建立高新技術產業區，制定優惠政策，大力發展高新技術，比如新能源、電子、納米技術等等！」

市長笑了笑，「怪不得你覺得好，我看你這是為張氏好，真要建立高新技術區，你這個包工頭又得大賺一筆了！」

「天地良心！」張春生拍了拍胸脯，「那份策劃書就放在我的家裏，回頭我就給你送過去，看完你要是覺得不好，我老張從此再也不提這事。」

市長看張春生這麼說了，就道：「那你說說，為什麼你覺得好？」

「策劃書裏都有，我就揀重點的說。我們封明有世界一流的海港，但因為緯度太高，不可能成為國際性的海運中心；我們有全國最好的機場，因為我們只是個二線甚至是三線的城市，機場基本處於閒置狀態；我們封明有包括封明大學在內的高等院校五所，涵蓋各科各類，每年培養出來的人才有三萬多，但留在封明的不足三千。這些非常完善的軟硬體設施，說明我們完全具備了和一線城市競爭的籌碼，只是沒有利用好，沒地方讓這些人才施展才華。再和周邊的幾個二線城市比，我們的鐵路南北貫通，公路更是四通八達，這些是別處無法比的，我們起步晚，所以我們的起點應該更高，我們需

要一個具有前瞻性的發展方向，我們只能發展新科技，新產業！」

「這我不是沒有想過，只是……」市長沉吟了起來，「以前市裡也曾做過宣傳，收效甚微，沒有大企業願意到我們這裏來。」

「那是因為我們政策不明確！」張春生沉色道：「那些一線的城市，他們在這方面政策明確，什麼樣的企業享受什麼樣的優惠，都是寫在白紙黑字的文件裏，企業放心了，就敢來投資。只要我們把政策明確了，優惠幅度加大，門檻降低，那些企業沒有理由去擠那些一線城市的。」

「可我們能吸引誰來投資呢？」市長撥了撥手指，「那些國際知名的高新企業早已落戶，國內一流的，又被各自的城市牢牢綁住！」

「ＯＴＥ啊！」張春生趕緊道：「文清說了，如果我們政策明確，他們非常願意來封明投資！」

「ＯＴＥ？」鄭市長搖了搖頭，這一個小公司，來不來能怎麼樣呢，又形不成大氣候，他剛想反駁張春生兩句，就見劉晨蹭地站了起來。

劉晨看著張春生，「你說ＯＴＥ願意來封明投資？」

「是啊！」張春生點頭，「文清親口對我說的！而且他的那份策劃書對於將來怎樣宣傳封明，怎樣拉國際大企業來封明投資落戶，都有一個完整的規劃，我覺得非常可行！」

「太好了！」劉晨起身摘下自己的帽子，轉身道：「各位，對不起，我先失陪了！」說完拉開門便走。

OTE的來頭，劉晨非常清楚，據她所知，OTE從來不在中國投資，甚至是只在中國設了一個小小的辦事處，從下到下，不過十來號人。可現在OTE卻突然表示願意來封明投資，這是多大的事啊，劉晨非常清楚OTE的份量，當下便著急趕回去報告。

市長對劉晨這突然的舉動有些摸不清頭腦，愣了半天，道：「老張，我看咱們這飯也不要吃了，我現在就隨你走一趟，去你家，我要看看那份策劃書！」說完不由分說，站起來就準備要走。

張春生傻了，外面還一屋子的客人呢，可又不好違背市長的意願，趕緊跟張小花吩咐道：「姍姍，幫我招呼客人，我儘快趕回來！」說完邊聯繫司機派車。

包間裏剩下幾人面面相覷，不知道這是怎麼回事，直到文清敲門進來，大家才反應了過來。

文清笑了笑，「不好意思，我來晚了，有點事耽擱了。」說完他看著劉

嘯，「剛才碰見邪劍了，他和廖氏的少掌門拉著我談了一些事！哦，對了，我已經請示過總部了，張氏系統的源代碼，我們可以交給你。」

「啊！」劉嘯非常意外，從椅子上跳了起來。

「不是說OTE從未有這方面的先例嗎？」劉嘯詫異地看著文清。

文清擺手坐了下來，「我也是這麼問的，可總部的負責人說了，說以前我們從未交出過源代碼，一是因為客戶付給我們的錢裏面沒有包括版權費用，二是他們也從未主動要求過要拿回源代碼，這次，既然張氏事先已經在合同裏寫了，又主動要求在後，我們OTE不過是按照合同辦事罷了。」文清頓了頓，「唔，源代碼是現在給你，還是等我們項目徹底交付之後再給你？」

「自然是越快越好！」劉嘯不假思索便選擇了前者，天知道OTE會不會反悔，還是先把源代碼弄到手再說。

他敢保證，OTE這次肯交出源代碼，一定另有原因，要麼就是踏雪無痕的面子，要麼就是OTE的技術要升級了，他們已經不需要再為自己的舊技術保密了。這個用腳趾頭想都知道，他們先前做的那些大系統，簡直就是別人的命脈，別人怎麼可能不要求拿回源代碼呢？

「那行，等會吃完飯，我就叫公司把全部的源代碼傳過來！」文清看了看，奇道：「怎麼沒有看見張老闆呢？」

「他陪市長辦事去了！」劉嘯站起來，端起來一杯酒，對著剩下的幾位嘉賓，「真是對不住各位了，我看咱們不用等了，先吃吧！」

張小花一看，也趕緊起來招呼客人。

吃完飯，文清和劉嘯約好時間，說是晚上交付源代碼，便匆匆離去。

劉嘯和張小花把張春生請來的這些客人全部送走，這才得了空，坐在樓下的大廳裏喘著氣。

劉嘯仔細琢磨著今天所發生的這些事，想理出一個頭緒來：第一件事，就是劉晨的身分，他覺得市長今天的態度有點奇怪，市長對張春生所說的策劃書剛開始並不看重，只是見劉晨露出重視的態度後，他才來了興趣，甚至丟下一眾賓客，強拉著張春生離開，這太令人奇怪了。

而第二件事，就是張春生說的要在封明建立高新產業區的事。劉嘯非常瞭解張春生，他的境界遠沒有這麼高，還不可能會想到要去開發封明市，所以劉嘯總感覺張春生今天給市長說這些話，應該是早有預謀的，只是不知道是誰讓他這麼說的。

張小花看劉嘯不說話，有點不高興，捅了捅他，「喂，想什麼呢？」

「沒什麼！」劉嘯搖搖頭，「張叔陪市長去辦事，怎麼這麼久還沒有消息！」

張小花嗤了口氣，「你關心這些幹什麼，真是的！」

劉嘯笑了笑，沒說話，此時，電話剛好響了起來，一看，是大飛打來的，劉嘯趕緊接了起來。

「大飛，什麼事？」

「公司出大事了！」大飛的口氣很焦急，「你什麼時候回來？再不回來我可頂不住了！」

劉嘯皺眉，「你別急，慢慢說，到底怎麼回事？」

「好多人要辭職！」大飛喘了口氣，「剛在我這裏鬧了半天，讓我給勸回去了！」

「好，我儘快趕回去！」劉嘯也覺得這事情有點奇怪，公司出事，肯定會有人要辭職，但沒必要都集中在自己出門的這兩天吧，「你想辦法拖住他們，我最遲明天就能到公司！」

「我知道，我已經告訴他們，說公司現在正處於非常階段，要離職必須經過營運總監親自批准，他們鬧了半天，見找不到你，只好先回去了！」大飛也是納悶不已，「真是邪門了，肯定是有人挖咱們的牆腳，真他娘的太會挑時間了！」

「沒事！」劉嘯咬了咬牙，「兵來將擋，水來土掩，我回去後處理！」

大飛也不好再說什麼，「那你趕緊回來啊！」說完便掛了電話。

「什麼事？」張小花看著劉嘯，「你要回海城了？」

「是！」劉嘯點頭，「軟盟那邊出了點事，我得儘快趕回去！」

「真是的……」張小花很不滿意，「這才剛來就要回去啊！」

劉嘯無奈地搖頭，「我也不想回海城去，可沒有辦法！」

張小花還想說什麼，劉嘯的電話就又響了起來，劉嘯做了個噤聲的手勢，道：「熊老闆的電話！」

「熊哥，你有事？」

「沒有別的事，就你前兩天給我說的那件事！」熊老闆頓了頓，「我找人打聽了一下，又做了個分析，我覺得收購軟盟還是很划算的，所以想找你商量一下，看這事怎麼辦？」

「啊……」劉嘯立時傻眼，熊老闆好幾天都沒動靜，自己以為沒下文

了，這剛跟張春生談好，他又說要收購軟盟，這可怎麼辦呢？

「你人在哪裡，我派人去接你！」熊老闆說：「這事我想儘快定下來。」

劉嘯皺著眉，「我現在在封明，不過我明天就能回海城，回去之後我就去找你。」

「封明？」熊老闆一頓，就道：「你怎麼去封明了？是不是張春生對收購軟盟也有興趣？」

「回去後再說吧！我回到海城後，第一時間聯繫你。」

「那行，回來後再說吧！呵呵！」熊老闆大概已經猜到是怎麼回事，心想劉嘯這真是太會獻殷勤了，什麼好事都不忘他的「老丈人」。

劉嘯掛了電話，朝張小花苦笑，「看來是非回去不可了！唉……」

「熊老闆也想收購軟盟？」張小花看著劉嘯，她在旁邊聽了個大概。

「嗯，我早都說了，軟盟有很多人盯著呢！」劉嘯看張小花有點緊張，道：「你放心，我回去後會跟熊老闆解釋清楚的，這事既然我跟你老爸都談好了，就不會反悔。」

「哼……」張小花得意地揚了揚頭，「諒你也不敢！」

「對了！」劉嘯想起一事，「OTE的源代碼我想拿走研究一段時間，如果一會兒張叔回不來的話，麻煩你幫我轉達一下。你讓他放心，我看完就會送回來，絕不會外傳！」

「沒事！」張小花擺了擺手，「你不說，我不說，他根本都不知道這事，再說，他又看不懂程式碼，放在他手裏也是個擺設！你儘管拿去，我做主了！」

劉嘯大汗，「算了，還是我跟他說吧！真是服了你，這種事你也敢隱瞞！」

張小花白了劉嘯一眼，得意道：「就是跟我老爸說了，他也得聽我的，我為什麼不能做主？」

劉嘯崩潰。

第二天一大早，劉嘯就坐了最早的航班回了海城，然後直奔軟盟。

大飛此時跟熱鍋上的螞蟻一樣，在辦公室裏轉來轉去，看見劉嘯進來，一把拽住劉嘯，「你小子可回來了！你這是害我啊，把這麼個爛攤子交給我，瞧瞧，我舌頭上都起泡了。以前老大他們在的時候，他們是老爺；現在老大不在了，除了我，全他娘的成老爺了，切，這日子沒法過了。」

劉嘯笑了笑，把大飛按在椅子裏，「行了，別發牢騷了，我這不是回來了嘛。」

「回來頂個屁用，現在軟盟人心惶惶、一盤散沙，我看是撐不下去了，怪不得龍出雲要賣掉軟盟，真他娘的英明！」大飛繼續發著牢騷。

「未必！軟盟的上層是沒了，但根基還在，還沒有到撐不下去的地步！」劉嘯笑著，「你現在去通知人事部，告訴他們，軟盟現有的人員，有一個算一個，所有人的工資從今天起翻一倍！」

「呃……」大飛有點反應不及，傻在那裏沒動。

「還有，告訴所有人，公司近期會公布新的體制、待遇以及人事改革措施，全新的軟盟，會給每個有才華的人一個發展平臺和上升空間！」劉嘯說完，發現大飛沒動彈，道：「你愣在那裏幹什麼，我說的有什麼不對嗎？」

大飛回過神來，「沒……沒什麼不對的！」

劉嘯笑了笑，「別人趁亂挖我們的牆腳，無非是許以高額薪酬以及發展前景。其實要說到發展前景，國內沒有任何安全機構能比得上軟盟，只要我們的薪酬不低於別人許下的薪酬，我相信大部分人都會有一個明智的抉擇。」

「所有人工資翻一倍，公司營運上會出現問題吧?!」大飛有點擔心。

「沒事！」劉嘯擺了擺手，「我想過了，公司目前業務量穩定，而且沒有任何研發專案，資金上不會有任何問題。再說，公司馬上會有新的財團接手，屆時一定會有大筆資金注入，反正有人花錢，我們不妨順水推舟，提高一下員工的待遇，軟盟目前最需要的是攏住大家的心，同舟共濟。」

「得，算你有理！」大飛嘿嘿笑著，「我這就去辦！」

「如果還有堅持要辭職的，就讓他把辭呈遞到我這裏，我倒想知道，他們為什麼不看好軟盟！」

大飛咂著嘴，看著劉嘯，「我覺得你小子最近變了！」

「變了？」劉嘯看著大飛，「我怎麼不覺得？」

「以前你就跟那發條似的，撥一下轉一下，不撥就不轉，現在變了，變得很積極，很主動，而且也成熟了！」大飛笑著搖頭，轉身出了門。

劉嘯愣了片刻，自己怎麼不覺得自己有變啊，如果真的變了，那也是讓wufeifan給逼的。

想起wufeifan，劉嘯一拍腦袋，都忘了跟黃星聯繫一下，那案子到底是個什麼結果，究竟誰是wufeifan？

劉嘯匆匆收拾了一下，又出門去了，他得給熊老闆解釋收購軟盟的事，還得去找一趟黃星，他還有很多問題要問呢。

熊老闆跟劉嘯約好了在茶館見面，劉嘯到的時候，熊老闆也剛好到，兩人便一塊走了進去。

點好了東西，劉嘯便開口了，「熊哥，真是不好意思，那……」

「好了，別說了！」熊老闆擺了擺手，「我一聽你小子去封明，就知道怎麼回事了！怎麼樣，封明之行還順利吧？」

「搞定了！」劉嘯不好意思地笑了笑，「張氏答應收購軟盟，他們擬好的收購協議我都帶回來了，這一兩天，他們負責談判的人就應該過來了。」

「那就好！」熊老闆笑著，「你小子真是不夠意思，好事全想著你老丈人。」

「好幾天沒你消息，我以為你沒興趣呢！」劉嘯笑說：「熊哥你怎麼也突然想起要做網路安全這方面的業務呢？」

「商人嘛，無利不起早，當然是因為這行有錢賺，我才有了興趣。」熊老闆這話似乎是話裏有話。

劉嘯感覺了出來，便問：「這話怎麼說？」

「自從上次海城事件之後，海城的網路就一直不太平！」熊老闆頓了頓，「我也是這幾天才聽說，說半個月前，海城有兩家證券公司的網站被駭了，頁面被更換成了一個反政府組織的反動言論，這事被國安部門壓下來了，正在秘密調查，所以外界沒有任何消息。其實這些事，跟我們商人一點關係都沒有，只是海城網路連連出事，已經引起了國安部門和上層的極大不滿。上層已經下令，各級行政事業單位全面整改自己的網路，防患未然，要是再出事，就要追究相關責任人的責任。那兩家證券公司更慘，過幾天網監會驗收他們的網路，如果再發現漏洞，就要被停業整頓了。」

劉嘯「哦」了一聲，這事他倒是真的沒有聽說。

熊老闆笑了笑，「現在不光是那些行政事業單位，許多海城的企業也都開始動起來了，你想想，誰願意像那兩家證券公司一樣，發生那樣倒楣的事，所以他們都準備升級和完善自己的網路安全。我粗粗算了一下，就海城這個市場，如果全部拿下，利潤已經非常了不起了，而且我在海城人脈很

廣，拿下這些單子絕不是問題，收購軟盟也是只賺不賠，所以我才起了這個念頭。可惜啊可惜。」熊老闆搖頭，「竟然被老張給捷足先登了！」

劉嘯笑了起來，怪不得熊老闆突然變得著急了，只是現在自己已經和張春生達成了協議，這事怕是不好辦了。

劉嘯頓了頓，突然想到一個辦法，道：「我有個主意，其實收購軟盟需要很大一筆資金，張氏也不可能一下就拿出這筆錢，不如去談談，看能不能由張氏和熊哥一起收購軟盟？」

熊老闆眼睛一亮，「這倒是個好辦法，我這就給老張打個電話問問。」

「等等！」劉嘯趕緊攔住，道：「你一定要說清楚海城市場這個事，這樣可能性就大了。」

「你小子……」熊老闆指著劉嘯大笑，「你真是把你老丈人的脾性給摸透了！行，這電話我一會兒再打，我估計他老張還不至於吃獨食吧。呵呵，我先給你說說正事吧，還是剛才說的那事，那兩家出事的證券公司，他們的老總和我關係不錯，所以我想請你過去給他們檢查檢查，把把關，務必要通過網監的驗收，至於價錢方面，他們肯定不會虧待你的。」

「熊哥見外了，你的朋友就不是外人，我去！」劉嘯笑笑，「不過，我只能盡力而為，可不敢給你打包票，說一定就能通過驗收。」

「你小子就是這點不好，太滑頭！」熊老闆也拿劉嘯沒辦法，「行，我明天早上帶你過去，你回去準備準備，這事千萬得上心。」

「放心吧！」劉嘯拍著胸脯，「我肯定全力以赴的！」

劉嘯說完，又想起一事，道：「對了，張氏好像要在封明搞一個大動作，熊哥可能會感興趣。」

「說說看，什麼項目？」熊老闆問道。

「張氏正在說服封明市的市長，要在封明建一個高新科技產業區，此事一旦成行，肯定是前景無限。」

熊老闆有點詫異，「老張的胃口倒是不小，這麼大的項目他也敢運作啊！」隨即皺了皺眉，道：「不過這些所謂的高新產業區，現在稍微發達點的城市都有，就算封明建了，也沒有什麼優勢啊，我看老張這次有點冒失了，日後這個項目要是搞砸了，怕是他在封明都沒有立足之地了。」

劉嘯笑著搖頭，「這個項目肯定不是張春生運作的，我瞭解他，他為人謹慎，從來不冒險，我看這個項目多半是ＯＴＥ在運作。」劉嘯覺得這種可能最大，因為策劃書是ＯＴＥ提供的。

「ＯＴＥ？」熊老闆沒聽過這個名字，「這是什麼公司？」

「這個要怎麼說呢……」劉嘯沉吟片刻，「拿軟盟做個對比吧，熊哥既然對收購軟盟有興趣，那你認為軟盟大概值什麼價？」

熊老闆奇怪地看著劉嘯，不知道ＯＴＥ和軟盟有什麼可比性，不過還是道：「兩到五億，軟盟還是值這個價的。」

劉嘯笑了笑，「那ＯＴＥ的價錢，就是軟盟的一萬倍！」

熊老闆笑著擺手，「你小子，忽悠張春生還行，忽悠我就差了點，如果ＯＴＥ真的值那麼多錢，豈不是比微軟還值錢了，這怎麼可能呢？我根本就沒聽過這個名字。」

「這個世界上只有沒聽過的事，卻沒有不存在的事！」劉嘯聳聳肩，道：「ＯＴＥ的招牌肯定是不值這個錢的，但ＯＴＥ的技術、人才、團隊以及影響力，甚至大大超過了這個價錢，我敢給你保證，如果ＯＴＥ肯到封明落戶投資，不需幾年，封明將會成為國內北方最有價值的城市！」

熊老闆這下倒有些重視起來了，劉嘯很少會給人做出保證的，他現在說得這麼肯定，那就不會是信口胡說。熊老闆試探性地問道：「ＯＴＥ真有這麼厲害？」

劉嘯笑說：「看看張春生就知道啊！這麼大的項目，別說是一個張氏，就是十個，也不可能都吃下，張春生那麼保守謹慎的人，突然之間敢做如此大的賭博，我想除了OTE給他足夠的信心外，沒有別的原因。」

劉嘯也是從封明琢磨到海城，才算是想明白了這事。

熊老闆便沉思了起來，似乎在考慮什麼，劉嘯的茶快喝完了，他才道：「這麼看來，我得親自去一趟封明了，如果此事可行，實在是個巨大的機會。現在的封明不過是個三線城市，一旦變身為一線城市，這其中的增值是非常可怕的，誰先下手，就相當於是占住了一座金山吶！」

熊老闆想了一會兒，道：「事不宜遲，我現在就起身去一趟封明。」說完，就打電話讓人訂票。

「那明天的事……？」劉嘯哭笑不得，商人果然是無利不起早啊！

熊老闆一拍腦袋，「對對對，差點把這事忘了，我現在就給那兩家證券公司打電話，明天讓他們來接你就是了。」

「那好吧！」劉嘯點頭，看熊老闆已經無心喝茶，他便趁機告辭，「那熊哥你忙，我就先走一步了，正好我還有點事要去辦，一會兒我就不送你了，等你從封明回來，我去接你。」

「你有事便去忙，這麼客氣幹什麼！」熊老闆笑著擺手，把劉嘯打發走了。

劉嘯給黃星打了電話，黃星還在海城市公安局，劉嘯便直奔他那兒。

「來問案子的進展了吧？」黃星不用猜，都知道劉嘯的來意。

劉嘯點了點頭，道：「是啊，事情發生很久了，一直沒有定論，公司裏人心惶惶，再這麼下去，軟盟就撐不住了，遲早得散夥。」

「案子已經審完了，他們也都認罪，只是我們還沒想好要不要將案情公佈！」黃星頓了頓，「一旦公佈出去，對軟盟的打擊會更大，對國內安全界的打擊也是不小。」

劉嘯皺眉，這點他也早都預料到了，「到底什麼結論？」

「藍勝華等人以網路安全工程師的身分為掩護，暗地裏培養地下網路犯罪集團，從事詐騙、盜號、非法修改虛擬資料、散播病毒木馬、出售客戶安全漏洞、利用殭屍網路進行惡意攻擊等等犯罪行為，不到兩年的時間，攫取錢財高達十數億。」黃星搖了搖頭，「這些他們全部都認了，不過對於入侵軍方通信伺服器的行為，他們堅決不承認。」

劉嘯撇了撇嘴，兩個罪名孰重孰輕，那些人當然都明白，前面那些罪行，本來就是他們做下的，現在認也就認了；可入侵軍方伺服器，是他們反中了劉嘯的圈套，當然不會為劉嘯去背這個黑鍋。

「軍警衝進軟盟的時候，店小三還待在攻擊軍方伺服器的電腦前，你知道他用的是誰的電腦嗎？」黃星笑了笑，「是你的電腦！這幫人真是狡猾，他們本來是想栽贓你的，如果不是你事先通知了我，軍方的人贓俱獲又讓店小三無可狡辯，怕是你現在也被軍方的人給控制了！」

劉嘯頓時冒出一身冷汗，原以為自己的計畫萬無一失呢，沒想到中間還有這麼一個故事，看來自己當時通知黃星真是走對了，要不是這樣，就會變成自己中了自己的圈套，真是好險啊。

「那wufeifan查清楚了沒？到底誰是wufeifan？」

「wufeifan就是那個老大！」黃星道。

雖然這也在劉嘯的意料之中，但劉嘯還是不解，「奇怪，我查了啊，老大的姓名是楊葉，這完全沾不上邊啊！」

「楊葉的父母很早離婚了，是他父親的錯，所以楊葉痛恨自己的父親。他給自己改姓吳，這是他母親的姓氏，加上他一直自命不凡，所以就起了

『吳非凡』這個網名。」黃星苦笑，「如果不是他自己交代，我們打死也猜不到。」

「原來是這樣！」劉嘯也覺得好笑，「那他們現在人在哪裡？」

「還在拘留所羈押著，等過兩天案子移交到法院，宣判之後，他們就得到各自應該待著的地方去了！」黃星嘆了口氣，「真是可惜啊，這些人隨便拉一個出來，都是國內叫得上名號的高手，沒想到全部栽到裏面去了。影響實在太大，所以我們不知道該不該對外公佈這件事情。而且他們還培養了很多下線和分支機構，我們目前正在進行清查，清查完成之前，也不能透露風聲！」

黃星也是頭疼不已，要是讓媒體一曝光，問題就嚴重了。

「我能不能去看一看他們？」劉嘯問道。

「怎麼？有問題要問他們啊？」黃星問道。

「問問他為什麼一定要置我於死地！」劉嘯笑了笑，「我想他們也一定想問我同樣的問題！」

黃星沉吟了一會兒，「這事不是我一個人說了算的，這樣吧，我先幫你聯繫一下，事情定下來後，我再通知你。」

「好！」劉嘯點頭，「那我就先告辭了，軟盟現在亂成一鍋粥，有一大堆事情等著我處理。」

「行，你忙去吧！」黃星笑道。

劉嘯走了兩步，又回過頭來，「還有一件事，上次你的那個上司，就是姓方的那位，他到底是幹什麼的，怎麼一直揪著我不放，非要說我是雁留聲的人。」

「他又找你了？」黃星也非常意外，頓時沉吟了起來，「奇怪！雁留聲，雁留聲……」

黃星再次在腦海裏仔細地翻想著，他也很納悶，這個雁留聲到底是誰啊，為什麼自己的上司會如此重視。

「算了！」劉嘯皺了皺眉，「看來你也不清楚這事，我還是自己去查吧！我先走了啊！」說完不等黃星應聲，他就出了門。

第五章　黑帽子大會

「有兩件事情！」那副總笑著，從自己的公事包裏掏出一份請柬，遞到了劉嘯跟前，「兩個月後，便是一年一度的全球黑帽子大會，今年的主辦者還是我們iDeface，我們非常希望軟盟能夠參與此次大會。」

回到軟盟時，已經快到下午的下班時間了，劉嘯一進門，便有幾個人圍了上來。

「你們有事嗎？」劉嘯奇怪地問道。

「劉總，我們要辭職，可大飛說必須要把辭呈遞到你手裏才行！」幾個人發著牢騷，「我們都等你一天了！」

劉嘯很奇怪，這是怎麼回事，軟盟員工的工資本來就很高，現在又給翻了一倍，為什麼這些人還是要堅持辭職呢？劉嘯很費解，道：「好，到我辦公室來，慢慢談！」

一推門進去，大飛在裏面，看見劉嘯就道：「你那招不行，還是有人要辭職！我都快……」說到這裏，他看見跟在劉嘯身後那幾個要辭職的人，當下就閉了嘴。

劉嘯把那幾個人的辭呈都收了，笑著問道：「諸位待在軟盟的時間都要比我劉嘯久，對軟盟的情況也應該比我要更瞭解，你們現在提出辭職，我不會阻攔，只是我很費解，難道你們都不看好軟盟的前景？」

幾個人有點尷尬，沒有說話。

劉嘯又問道：「你們這麼急著辭職，想必是已經有了新的工作，如果方便的話，能不能告訴我？」

幾個人你看我，我看你，還是沒有說話。

「你們是軟盟的根基，為軟盟的發展付出了很多，我想你們也一定對軟盟有著很深的感情，雖然說軟盟目前陷入困境，但這並不影響它的前景。換句話說，就算是你們跳槽到了國內任何一家安全機構，它們在三兩年內也絕不可能撼動軟盟的地位。」劉嘯說到這裏，搖了搖頭，「我實在是想不通，能夠讓你們這些軟盟的元老拋下對軟盟的感情而選擇離開，那對方必定開出了非常優厚的條件，而且對方的實力和背景都要遠遠強過軟盟。可是我實在想不出來，因為在國內市場上，還沒有任何一家安全機構敢和軟盟叫板！如果你們只是因為軟盟眼下的這點困境，而跳槽到那些還不如軟盟的企業裏，我為你們惋惜，我希望你們能留下！」

那幾個人終於開了腔，「劉總你就別說了，我們辭職的事，你只要同意就行了。是我們對不起軟盟，不該在這個時候拋棄軟盟，該付多少違約金，我們照付就是了！」

看來這幾個人是鐵了心要走了，劉嘯嘆了口氣，道：「好吧，既然你們去意已決，我也不好再說什麼，你們的辭呈，我全准了！」

那幾人頓時一臉欣喜，連聲道謝。

「不過我有一個要求！」劉嘯看著那幾人，「軟盟現在正處於非常時期，已經經不起任何的打擊了，我不想你們的辭職對軟盟產生任何的影響，該怎麼去做，你們應該知道。」

「知道知道！」幾人連連點頭，「你放心，我們會想好說辭的，保證不會影響到其他人。」

「好！」劉嘯點頭，在那幾份辭呈都簽了字，「你們可以走了！」

等那幾人一走，大飛跳了起來，一把拽起劉嘯，「你就這麼放他們走了？現在軟盟正是用人之際，你怎麼能說放就放呢，你這樣會毀了軟盟的。」

「強扭的瓜不甜！」劉嘯聳了聳肩，「隨他們去吧！他們遲早會為自己的這個決定後悔的！」

大飛鬆開劉嘯，依然是氣呼呼的，「再這樣下去，老子也得辭職了。」

「就算你要辭職，你也得先給我弄清楚，到底是誰在挖軟盟的牆腳！」劉嘯瞪著大飛吼道。

「靠！」大飛踹了一腳桌子，「媽的，老子現在就去查！」

第二天一大早，那兩家證券公司派來的車就到了軟盟的樓下，劉嘯點了幾個人，跟著他們去了。

那兩家證券公司的老總雖說是同行，但似乎關係不錯，兩人都等在其中的一家門口，看見車子到了，就走了過來。誰知門一開，卻下來劉嘯這麼個年輕人，一身工作服，背著個工具包，兩人一時有點回不過神來。

「你好，我是劉嘯，你們的事，熊哥已經交代過了，我會全力以赴的。」劉嘯笑著伸出手。

那兩人這才趕緊伸手，「你好，你好！」熊老闆找來的人，那應該不會錯了，兩人掏出名片，遞了過去。劉嘯一看，不禁好笑，這兩人一個姓楊，一個姓朱，再加上之前的牛老闆，真是巧到了極點。

劉嘯把自己的名片遞了過去，道：「熊老闆只是簡單地提了一下，至於具體的細節，還得麻煩你們給說明一下。」

姓楊的老總道：「是這樣的，出事的是我們兩家的網站伺服器，伺服器一直托管在電信的機房裏，上面也沒有什麼機密。出事之後，我們的網站伺服器就被網監和國安查扣了，說是要調查攻擊者的來源。現在我們購買了新

的網站伺服器，程式也請人重新寫了，甚至連公司的內部連線也準備進行升級。這次請你們來，一是檢查一下伺服器和網站程式的安全性，二是希望你們能對我們的內部網路升級提出一些意見。」

「這個請放心，我們軟盟是國內最專業的安全機構，我們一定會全力以赴。」劉嘯道。

一旁姓朱的嘆氣說：「老楊的弄完，還有我的。唉，真是倒楣啊，竟然讓我們攤上這種事，真是禍從天降，要是這次的安全措施不過關，我們的公司都得關門停業了！」

姓楊的也是搖頭不止，「是啊，我們一向是奉公守法、小心謹慎，誰想到會攤上這事，這幫駭客實在是太可惡了，應該把所有的駭客都槍斃，這樣網路就太平了。」

劉嘯有點不高興，就算是你的網站被駭了，也沒必要把所有駭客一棍子全打死吧。

「網路安全發展到今天，對付駭客入侵的手段已經非常健全，這些手段大家都明白，但很少有人去做，總想著自己應該不會那麼倒楣，駭客不會找上自己。漏洞存在就是存在，它不會因為沒有駭客攻擊就自動消失。我們軟盟曾遇到很多這樣的客戶，甚至我們做業務的人有句口頭禪。」劉嘯頓了頓，「說我們只做受過傷的客戶！呵呵！」

兩人頓時有些尷尬，不知道該說什麼。

劉嘯卻道：「塞翁失馬，焉知非福，這次雖然吃了點虧，但亡羊補牢也未嘗不是一件好事，否則，將來還不一定會碰上什麼更倒楣的事呢！」

那兩人這才有了些笑意，「對對對，重要的還是要防患未然。」

「我們還是先去看看伺服器吧！」劉嘯說，「做安全檢測是個非常繁瑣的過程，尤其是你們這次情況很特殊，我們得花費不少的時間來對你們的伺服器和網站程式做一個詳細的檢測。」

「越詳細越好！」兩人不約而同地表態，然後帶劉嘯走進了大樓。

他們購買的伺服器此時正在內網之中運行，大概是檢查新的網站程式是否能夠正常運行。劉嘯過去看了看，問道：「伺服器的安全是請誰做的？」

「網站伺服器的架設、安全以及程式，都是請銀豐軟體做的！」楊總答道。

「銀豐？」劉嘯一聽，便連連搖頭，「他們的實力我很清楚，恐怕一切都得重新來過了。」

「不會吧？」楊總看著劉嘯，「銀豐可是個大公司！」

「我可以跟你打賭，就現在這個伺服器，我甚至不用檢測，閉著眼睛三分鐘就能入侵進去！」劉嘯聳了聳肩，「銀豐確實是個大公司，但招牌大不代表他們實力就強。」

楊總不太相信劉嘯的話，覺得眼前這年輕人牛吹得有點大了。

劉嘯當即二話不說，走到旁邊一個員工的電腦前，「對不起，麻煩借你電腦用一下，就兩分鐘的時間！」

那員工看了看劉嘯，又看了看自己的老總，等楊總點頭後，他便站到一旁。劉嘯打開工具包，掏出隨身碟，將自己的工具拷貝到那台電腦上。

就像他說的那樣，他根本沒有去檢測，而是直接運行工具，對那台電腦的ＷＥＢ伺服器發動了攻擊，只半分鐘左右的時間，劉嘯便站起來，對楊總說道：「你現在去刷新一下網站的頁面吧！」

楊總沒想到劉嘯會這麼快，便走到那台電腦前，示意自己公司的技術員過來把網站頁面刷新一下。

技術員過來一刷新，楊總當即傻了，剛才還顯示正常的頁面，現在什麼都沒了，上面只有幾個大字：「你被駭了！」

劉嘯收起工具，拍了拍手，「楊總有何感受？你認為這樣的安全係數，能通過網監的檢查嗎？」

楊總當即蹦了起來，「媽的，什麼國內最大，狗屁，老子這五百萬算是白花了，就拿回來這麼個破爛玩意！小張！」

楊總大吼一聲，他的秘書就過來了，「你現在就給我聯繫銀豐，告訴他們，我對他們的東西非常不滿意，他們不光要退回老子的錢，老子還要起訴他們，要他賠償我的全部損失，包括精神損失！」

一旁的朱總也傻了，他公司的伺服器也是請銀豐做的。

「楊總，你看我們是不是可以重新做了？」劉嘯看那姓楊的穩定下來，就問道。

「做，重新做！」姓楊的說完，一把拽住劉嘯的手，「劉總，我們公司的前途就全拜託你了，你放心，不管花多少錢，我絕不皺一下眉頭！」

「呵呵，楊總這話見外了，熊老闆已經交代過了，說你是他的朋友，你放心吧，這次你們兩家的事由我親自把關，我們會拿出全部的實力，而且不會多收一分錢！」

「謝謝了！謝謝了！」姓楊的連連感謝，心裏不禁也把熊老闆捎帶著感

謝了一番，這次要不是熊老闆介紹這麼厲害的人過來，自己那五百萬打了水漂不說，自己的公司甚至是前途都得稀裏糊塗葬送在銀豐手裏了。

「網監的檢查安排在什麼時候？」劉嘯問道。

「一個星期以後！」兩人都緊張地看著劉嘯，不知道這麼短的時間內，劉嘯能不能搞定。

劉嘯一聽，果然皺了皺眉，「時間有點緊啊！」

兩位老總的心頓時一緊。

不過劉嘯卻開始安排了起來，「王，這台伺服器現在就交給你了，安裝我們軟盟修改過的伺服器版本。張，你把網站的程式拷貝一份，拿回公司，去找大飛，讓他立即安排人手進行滲透測試，順便對源代碼的安全部分進行修改！」

兩人應了一聲，轉身開始忙了起來。

劉嘯又對剩下的兩位員工道：「你們兩個跟著朱總，去他的公司，一人留下來安裝伺服器程式，並對系統進行加固；一人去拿網站程式，拿到後直接回公司！」

朱總也知道時間緊迫，當下不敢耽擱，跟劉嘯匆匆告辭，便帶著那兩個軟盟的員工奔自己公司去了。

「這次真是太感謝你了，如果沒有你，後果真是不堪設想！」楊總真心地感謝著劉嘯，「等網監的檢查過去後，我和老朱一定要好好請你。」

「客氣了，這是我們的工作！」劉嘯笑了笑，「既然這次時間緊迫，我們就先做伺服器和這網站程式的安全，至於內網的安全，我隨後會安排人過來的，他們會協助你們進行安全方面的培訓和指導，其實內網的安全也沒有什麼好的辦法，關鍵是提高意識，構建一個良好的安全習慣！」

「一切都聽你的！」楊總拽住劉嘯的手，「拜託了！」

既然已經談妥，劉嘯也就不再耽擱，立刻回到軟盟。

回到公司，大飛正在指揮人對那兩家公司的網站程式進行測試，不時還親自上陣，嘴裏罵罵咧咧：「這是哪個蠢材做出來的程式，到處是漏洞，簡直等於是我們重新做一遍！劉總腦子壞了嗎，怎麼這種活也接了回來？」

劉嘯走過去，拍了拍大飛，笑道：「腦子沒壞，如果別人的程式一點問題都沒有，那還要我們幹什麼！拜託，有點職業道德好不好，這好歹也是咱們的飯碗啊！」

「靠！」大飛回敬了劉嘯一個中指，「對了，我正有事要告訴你。」

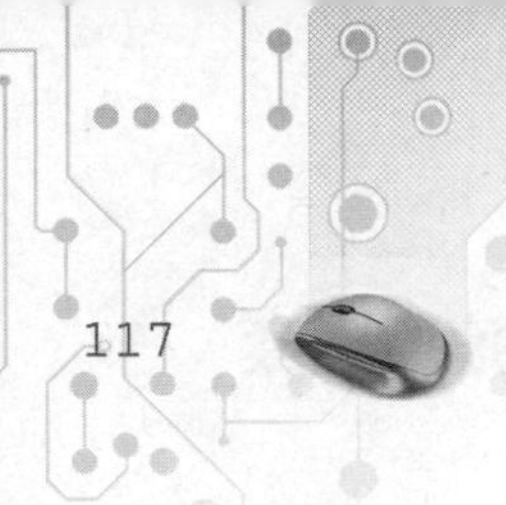

「回辦公室說。」劉嘯拖著大飛往一邊走去，低聲問道：「什麼事？是不是挖牆腳的調查出來了？」

「那倒不是！」大飛擺了擺手，「今天我們突然接到iDeface的傳真，他們要來軟盟！」

「iDeface？」劉嘯有點意外，「他們來軟盟幹什麼？」

「我也不知道！」大飛聳聳肩，「不會是他們也想收購軟盟吧？對了，他們希望我們能訂一個時間。」

「奶奶的，老大他們在的時候，好像也沒這麼忙啊！」劉嘯皺著眉，「怎麼咱們現在就忙得跟狗似的。」劉嘯在心裏算了算，「讓他們明天上午過來吧！」

「好，我這就去回覆他們！」大飛說完就準備要走。

「等等！」劉嘯喊住他，「今天我拉回來的這兩筆生意很重要，如果拿下來，以後我們的業務會源源不斷湧來，所以這次你可不能再藏私了。對了，我想弄一個新的制度出來。」

「什麼制度？」大飛問。

「是關於滲透測試的！」劉嘯頓了頓，「咱們不能像以前那樣，一個活就指定一個安全檢測員去做，這樣檢測出來的結果並不全面，而且很難防止漏報藏私。我想，一個滲透檢測的對象，至少得安排三道檢測，即便是人手不夠用，我們也必須做到這點。老大他們就是活生生的例子，藏私並不可怕，怕的是我們的員工藏私之後一時控制不住，走了老大他們的老路。」

「這……」大飛有點猶豫，「我先去回覆iDeface吧，這事回頭再議，估計會有很多人抵制，大家全靠手裏的這些私貨來提高身價呢，怎麼可能不藏私？」

劉嘯皺了皺眉，「你先去吧！」

大飛一走，劉嘯就開始琢磨著iDeface的來意，這個iDeface算是和軟盟同行，但大家從事的並不是一個領域。iDeface的名氣要比軟盟大了很多，他們是全球知名的安全情報公司，當年全球黑帽子大會，便是iDeface的發起下才得以召開的，現在，黑帽子大會已經成為全球駭客每年一度的技術盛會。

這兩年，iDeface一直從事安全情報的收集，甚至是在全球發出懸賞，凡是能提供任何一個未知漏洞的駭客，都能得到iDeface的獎賞。iDeface也網羅不少技術高手，和全球多家軟體企業、安全廠商，都有著密切的合作。

「難道他們也要收購軟盟？」劉嘯撓了撓頭，應該不會吧，雖然這是大吃小，但大家同工不同種，而且從未聽說過iDeface要進軍網路安全領域，他們一直是從事安全情報收集的。

「媽的，不會就是iDeface在挖牆腳吧？」劉嘯突然想到了這點，「靠，來吧，老子還怕你不跳出來呢！」

iDeface來的人還真不少，一下來了六七個，劉嘯接到他們的一刻，更傾向於iDeface是有意收購軟盟的猜測，要不然他們來這麼多人幹什麼？

既然不是挖牆腳的，劉嘯的臉色就緩和了很多，帶著這一幫人進了軟盟，坐進了會議室，為了表示對等和尊重，劉嘯也從公司叫了六七個人坐了進來。

「iDeface是全球最知名的安全機構之一，這次能來我們軟盟，令我們不勝榮幸！」劉嘯客氣了一句。

iDeface帶頭的是他們的一位副總，當下這位副總也客氣說：「軟盟在亞洲安全界的影響力也是非同一般，我們iDeface此次亞洲之行，第一站便是軟盟。」

「不知道iDeface有何貴幹？」劉嘯笑著。

「有兩件事情！」那副總笑著，從自己的公事包裏掏出一份請柬，遞到了劉嘯跟前，「兩個月後，便是一年一度的全球黑帽子大會，今年的主辦者還是我們iDeface，我們非常希望軟盟能夠參與此次大會。」

「哦？」劉嘯拿起來看了看，有點意外，以前似乎大會從未邀請過軟盟，「大會能夠邀請軟盟，這是我們的榮幸，只是我有點不解，大會舉辦至今，似乎很少邀請中國的駭客，這次為什麼會突然會邀請我們軟盟？」

「這是之前幾屆大會組織者的疏忽和偏見。」副總笑了笑，「你我都很清楚，歐美駭客和中國駭客曾經因為一些政治立場的不同，發生過數次衝突，導致雙方之間非常對立，大會之前也曾邀請過中國駭客，但最後都因為各方面的壓力過大而不得不放棄。今年大會重新由我們iDeface組辦，我們總裁認為既然是全球性的技術大會，那就應該只談技術，不要牽扯其他的原因。中國駭客近幾年在全球的影響力越來越大，如果大會缺少了中國駭客，將是不完美的大會。軟盟是中國駭客的標誌和領袖，我們此次專程拜訪，遞上邀請函，就是希望能促成一屆完美的全球黑帽子大會！」

「iDeface真是良苦用心！」劉嘯笑了笑，「好，請柬我們收下了，屆時我們肯定派人前往。」

「謝謝你們對於iDeface、對於黑帽子大會的支持！」副總道謝。

「那第二件事呢？」劉嘯問道。送請柬不過是個順帶的事情，他猜想對方的第二件事才是正題。

「這二件事呢……」那副總頓了頓，「我們iDeface是專業從事安全情報的，並為之不懈奮鬥。前不久，我們聯合全球數十家軟體以及安全廠商，推出了一項全新的計畫，iDeface準備和全球排名百名內的安全機構建立一個長期的合作關係。」

「合作？」劉嘯有些意外，「大家雖然都是從事安全領域，但方向卻大有不同，這合作的事又是從何說起呢？」

那副總又掏出一疊厚厚的檔案，給劉嘯遞了過去，「這是關於合作的具體內容，請劉總過目！」

劉嘯接過來翻開看了一下，道：「我會仔細看的，不過需要一定的時間，所以，能不能請你給我簡單地介紹一下合作的要點呢？」

「當然可以！」副總頓了頓，道：「這個合作簡單來說呢，就是把你們手裏所掌握的未知漏洞賣給我們iDeface！」

此話一出，軟盟幾位在場的人就坐不住了，低聲議論了起來。

正如昨天大飛所說，很多人都想靠著自己手裏掌握的那幾個未知漏洞來證明自己的實力，提升自己的江湖地位和身價，不可能隨隨便便就把這些漏洞交出來的；就算是買，大概也很難讓他們接受。

「我們iDeface和全球數十家軟體以及安全廠商都保持有深度的合作關係，而軟盟之類的安全機構，則各自擁有很多最傑出的天才駭客，手裏掌握有大量的未知漏洞，如果我們雙方能夠達成合作意向，這將是一個雙贏、甚至是多贏的合作。」副總繼續解釋著，「從大環境來說，現在全球的安全技術不斷升級，我們應付各種安全危機的手段也更加簡捷有效，但從另一方面說，各種破解以及測試漏洞的技術也越來越成熟，漏洞的發現變得非常容易。我們圈內有句諺語，駭客永遠走在安全之前，這些層出不窮的未知漏洞已經嚴重地威脅到了網路的安全。我們都是從事安全領域的，面對的問題和敵人都一樣，我想我們的合作不存在任何原則性的問題。」

劉嘯皺眉思考著iDeface的話，道理是不錯，但談到合作，那又是另外一回事了。iDeface這些年的懸賞從未停止，他們在全球明碼標價，徵收各類未知漏洞，但參與的都是一些單打獨鬥的駭客，正規的安全機構一般都不攬和這事。畢竟大家做的是安全業務，出售的是安全產品，如果和iDeface合作，賣安全的一下子變成了賣漏洞的，對公司形象不好，也有不好的影響。

劉嘯沉思半晌，道：「這個事，我們得研究研究，不能立即給你答覆，還請見諒。」

iDeface的副總聳了聳肩，「我能理解，但希望貴方能定一個時間，我們不可能一直等下去。」

「三天！三天之內，我們肯定會給你們答覆！」劉嘯伸出三根手指。

「那好，我們就等貴方的消息！」iDeface的副總不得不點頭。

「如果沒有什麼別的安排，今天中午就留下來吃個便飯，難得你們來，順便瞭解一下軟盟，給我們提供一些意見！」劉嘯笑道。

「意見不敢當，但瞭解是必須的，因為軟盟身上有很多我們iDeface值得學習的地方，至於吃飯……」那副總對於劉嘯的盛情有些為難。

「怎麼？你們有別的安排？」劉嘯問。

「實不相瞞，我們此次來中國，除了軟盟的這兩件事外，還有另外一件事！」那副總說。

「這樣啊！」劉嘯頓了頓，「那有什麼可以幫忙的地方嗎？」

「如果軟盟肯幫忙，那自然是再好不過了！」iDeface的副總非常意外，

「我們此次來中國，還想瞭解一下中國網路地下產業鏈的情況。」

劉嘯一聽，臉便變了顏色，這廝不會是知道軟盟出了事，故意來羞辱軟盟的吧？便冷冷問道：「iDeface怎麼會對中國的事情如此關心呢？」

「不止是中國！」iDeface的副總搖了搖頭，「根據我們iDeface的監測，近幾年，全球網路地下產業鏈逐漸成熟，他們的觸角遍佈網路的每個角落，這些地下集團利用網路大肆攫取錢財，危害程度已經超過了駭客入侵和病毒木馬，成為網路首害。我們想借著此次亞洲之行，順便搜集一下這方面的資料，然後聯合安全廠商，想出一個應對之策。其實我們iDeface之所以會提出此次的合作計畫，原因也正在於此，這些地下集團之所以能夠迅速發展蔓延，多半是依賴他們手裏掌握的未知漏洞。」

「你的意思是說，iDeface是為了扼制這些地下集團的發展，才推出了這個合作計畫？」劉嘯問道。

iDeface的副總點頭，「就是這樣！」

「如果是這樣的話，」劉嘯一咬牙，「我現在就可以給你答覆，我們軟盟同意此次的合作，我們願意出售手裏掌握的未知漏洞！」

iDeface的副總顯然沒想到劉嘯的態度會有如此快的變化，一時有些無法

接受，呆呆地看著劉嘯，「這……」

「怎麼？有什麼問題嗎？」劉嘯看著iDeface的人。地下集團的危害，劉嘯是最有體會的，所以他覺得這個理由十分能說服自己。

「沒有，沒有。」iDeface的人連連搖頭，一臉的喜悅，出來這麼久，軟盟是第一個同意合作的安全機構。

iDeface是沒有問題了，但軟盟的人意見卻很大，紛紛開炮：「這怎麼行呢？我們軟盟從沒做過這樣的事！」「就是！再說了，我們賣給他們，他們也是轉手賣給了那些軟體公司，吃肉的是他們，我們只能喝湯，這不公平！」「絕不能同意，我們軟盟就是靠著這點私貨立足的，賣給他們，我們還能要什麼？」

劉嘯擺手示意自己的人冷靜，「合同又不是現在就簽，一會兒我會給大家一個滿意的解釋！」大家這才停止了鬧騰。

劉嘯轉頭看著iDeface的人，「合作可以，但我有一個要求！」

「請儘管說。」iDeface的副總點頭，「如果合理，我們就可以接受。」

「我們可以將自己掌握的未知漏洞轉賣給iDeface，但我們要求共用iDeface手上的其他漏洞！」劉嘯說。

「這……」iDeface的副總有些激動。

劉嘯示意他先聽自己把話說完，「當然，我們並不是要免費共用其他漏洞的資料，我們會付給iDeface一筆共用費，但iDeface必須保證給我們一個極低的價格。既然大家的目的都是為了打擊地下集團，那大家選擇合作，便是結成了同盟，盟友之間的資訊共用，這應該不算是一個過份的要求吧？」

iDeface的副總點了點頭，「從這個角度講，這個要求非常合理，不過我不能做主，我需要請示一下總部。」

「好的，我可以等！」劉嘯笑著，「我相信iDeface的總部會同意的。」

「那關於中國地下產業鏈的情況……」iDeface的副總還惦記著這事呢。

「這個你放心，我們會將此整理成一個文檔，等下次見面的時候，我會交給你們的。」劉嘯還是笑著。

「那真是太謝謝你們了！」iDeface的人都站了起來，「我們現在就去通知總部，一有結果，我們就會第一時間通知貴方，告辭了。」

送走iDeface的人，軟盟眾人就圍住了劉嘯，還是一句話，絕不能答應這次的合作。

劉嘯只好把這些人重新帶回了會議室，道：「我先把自己的理由說一下，如果我說完，大家還表示反對，那咱們就進行表決吧，我尊重大家的選擇！」

眾人都點了頭，表示可行。

「我之所以同意此次合作，第一個原因，是因為我們軟盟也是地下集團的受害者，這次的事件，軟盟的技術精英幾乎全部栽了進去，只要iDeface收購漏洞是為了扼制這些地下集團，我們軟盟就沒有理由不支持！第二，為什麼我們軟盟的技術精英們會栽進去？」劉嘯掃視了一下眾人，「是因為錢！是因為他們感覺做技術沒有賺大錢的希望，所以他們才選擇鋌而走險。過去就不提了，只要我劉嘯主持軟盟的工作，那我的第一任務，就是提高軟盟員工的收入，讓所有有才華的人都賺大錢，而且是乾淨錢。我們為什麼就不能將自己手裏的漏洞賣給iDeface？我們一不偷二不搶，我們尋找漏洞也是花費了時間、精力和心血的，得到回報是理所應當，iDeface收購了漏洞之後，也並不是用作非法用途，明買明賣，我們有什麼可覺得羞恥的？」

「至於說出售漏洞會降低軟盟的實力，我覺得這是過度擔心，你們誰能告訴我，有哪一個安全機構是靠著一兩個漏洞存活至今的？」劉嘯笑了笑，

「沒有，一個都沒有！漏洞遲早會過時的，沒有永遠存在的漏洞，一個企業如果永遠陶醉在自己知道的幾個未知漏洞裏，那這個企業遲早得關門！還有，我是答應要和iDeface合作，但漏洞掌握在你們的手裏，賣不賣是你們的權利，我不可能去逼迫你們的。」

「iDeface今天的到訪，讓我深深地感覺到了軟盟和世界級安全機構的差距，當iDeface的戰略視野已經瞄向全球時，我們卻還在算計著自家一雙筷子一隻碗的得失。」劉嘯嘆了口氣，「iDeface的這個計畫給了我很大的啟發，如果放在全球這個平臺上，任何一家企業都有自己力所不及的地方，而真正的高手，卻可以整合別人的資源來為自己服務，iDeface便是如此。如果我們軟盟不轉變自己的思維，那我只能遺憾地告訴大家，別人吃肉，我們永遠也只能喝湯了。」

「出不出售漏洞，權利在你們手裏，收入歸漏洞持有者個人所有，軟盟不會扣大家一分錢，但有一點，出售漏洞必須由公司經手備案，這是第一個原則。第二，iDeface必須答應我提出的共用其他未知漏洞的條件。」劉嘯看著一眾人等，「如果在這兩個原則的基礎上，大家還是反對和iDeface合作，那我也只能表示遺憾了，但我會尊重你們的選擇。」

「現在進行表決！同意和iDeface合作的，請舉手！」劉嘯說完，自己就先舉起了右手。

眾人你看我，我看你，最後紛紛舉起了手。

「好，既然大家沒有意見，這事就這麼決定了！」劉嘯收回自己的手，「另外，我還有其他的事要和大家商量。大家也知道，我們軟盟現在技術實力大大折損，所以當務之急，就是培養出一大批技術精英，另外就是健全機制，防止類似的事情再度重演，針對這些情況，我制定了幾項方案，希望和大家討論一下。」

「第一，即日起，軟盟各分公司每週必須進行一次技術探討會，大家可以提出平時遇到的技術難點，相互討論，集體解決，解決不了的，可以上報總部；第二，總部每週和所有分公司的技術骨幹進行一次遠端視頻會議，會議的主題是進行新技術新方法的培訓交流；第三，各分公司利用週六周日的時間，招收一批實習生進行培訓，凡是願意從事網路安全事業的，或對網路安全有興趣的，不管學歷高低，是否畢業，都可以考慮，借此加強我們軟盟的造血能力，但有一點，必須加強對實習生職業操守的培訓；第四，以後滲透安全檢測必須安排三道檢測，加強監督，防止出現漏報、私藏的事情發生；第五，對公司的現有業務進行分類細化，確定軟盟的優勢和主打業務，制定一個長遠的發展計畫！」

「還有，大家都知道，公司最近可能會有新的財團來接手，穩定人心很重要，公司需要建立一套新的人事和運作制度。這次，我希望大家能夠都參與，群策群力，商量出一套最可行、最公平、最有效率的制度。」

劉嘯說完，會議室突然出奇地安靜，沒有人說話，都靜靜地盯著劉嘯，這讓劉嘯一時有點手足無措，難道是自己什麼地方說錯了嗎？

「媽的！早就該這麼辦了！」突然有一人拍了桌子，「咱軟盟終於有點當初剛創辦時的樣子了！劉總，我挺你，你說怎麼辦，我就怎麼辦！」

其他幾人也激動了起來，全都拍桌子跳了起來，紛紛表示支持劉嘯。不管怎樣，劉嘯今天的話，讓他們看到了希望，在這個年輕人的身上，他們感覺到了以前老大在的時候所沒有的激情和衝勁，讓他們回想起軟盟剛創辦時，逼得微軟一月連發廿六個安全補丁的風光。

「再塑駭客精神，重振軟盟昔日雄威！」不知道誰喊了一句，這便成了此次會議所有人的共識，也成了軟盟今後的踐行原則！

第六章　世事難料

「啊！」劉嘯眼珠子都快瞪了出來，他沒想到自己和wufeifan的恩怨竟然會是這麼開始的，那時候他對wufeifan也沒什麼印象，如果吳越家族真把勒索信投給了廖氏，説不定自己當時還會把他們當作自己的同盟呢。世事果然難以預料！

劉嘯的幾項制度通過並執行後，公司總算暫時安穩了下來，一些原本還打算要辭職的人都想再觀察幾天，看看軟盟有沒有什麼新的轉機，很多人都踴躍地參與軟盟新的運作制度、人事制度的制定當中，來自於軟盟內部的憂患總算是得到了一定程度的抑制。但劉嘯知道，如果短時間內軟盟做不出成績來，這些人還是要走的。

在黃星的安排下，劉嘯終於在案子被移交法院的前夕見到了老大，再晚兩天，老大他們就不知道要被分到哪裡的監獄去了。

老大還是一如往昔地冷峻，只是沒有了往日的神采，鬍子很久沒刮，顯得非常滄桑，看見劉嘯，他只是瞥了一眼，便把視線移到天花板上，冷哼了兩聲。

劉嘯咳了兩聲，「真沒想到，和我數度交手的wufeifan竟然是你，咫尺天涯啊。」

「你此刻一定很得意吧！」老大冷哼著。

「我為什麼要得意？」劉嘯搖了搖頭，「我只有在打敗比自己技術高明的人後才會得意，你的技術雖然也很高明，但打敗你，我非但得意不出來，還非常地傷感。」

「傷感？」老大嗤了一口氣，這話鬼都不信。

「一直以來，軟盟就是我奮鬥的目標，是我仰望的高點！」劉嘯嘆了口氣，「我畢業之後，第一選擇就是軟盟，我對軟盟充滿了崇敬，可我沒想到，現實中的軟盟會是如此一副景象。換了是你，你一直在追求某件事物，可當你追到時，才發現它根本沒有你想像中那麼好，甚至更差，你會不會傷感失落？」

老大沒說話，良久之後才道：「你來就是說這事？」

劉嘯搖了搖頭，「我來是想問你，你為什麼非要置我於死地？其實你很早就知道了我的身分，為什麼你要一邊拉攏我進入軟盟，一邊又對我不斷下死手？」

「其實自你第一次出現在軟盟，在面試裏露了那麼一手，我就注意到你了，你技術不錯，我很欣賞你這樣有天賦的人，所以我想讓你到軟盟來。」老大嘆了口氣，「可惜啊，陰差陽錯，我手下的一次失誤，卻讓你我成了敵人。」

「呃……什麼失誤？」劉嘯有點不解。

「這些日子，我把我們之間所有的事情都回憶了一遍，我終於明白

了。」老大突然笑了起來，笑得非常誇張。

劉嘯更加納悶了，這老大是怎麼了，說話前言不搭後語，那失誤是什麼還沒解釋清楚呢，就又來了個明白，他到底明白了什麼啊？

「你知道我明白了什麼嗎？」老大終於收住了笑，看著劉嘯，「你我是前世的仇家，這輩子注定是個你死我活的結局。」

劉嘯大汗，這老大肯定是被關久了，腦子短路了，連這種不著邊際、荒誕離奇的話都說了出來。

「三年前，我陰謀算計了邪劍，三年後，我卻因為邪劍的報復和你成了敵人，最後栽在了當年陷害邪劍的手段上，這一切真是天道循環，報應不爽！」老大的話越來越離譜了。

劉嘯都懷疑自己今天該不該來，老大絕對是神志不清了。

「我知道你現在肯定認為我有點不正常了，」老大頓了頓，道：「沒事，等我說完，或許你就不這麼認為了，我從我們之間的第一個梁子說起。」

老大沉寂了片刻，似乎是在整理思路，然後道：

「就說張氏的那個項目吧，其實軟盟完全沒必要摻和這樣的項目，但當時我鬼迷心竅，想讓老藍趁著做項目的機會把你拉回到軟盟來，就答應了此事，結果案子沒成，還把邪劍給招來了。邪劍報復軟盟，駭了我們的網站伺服器，我非常生氣，但不方便自己出手，於是我派了吳越家族，讓他們到廖氏去搗亂，想讓邪劍後院起火。誰知這幫蠢材，到封明一打聽，得知是張氏要搞企業網路，以為是我們說錯了目標，自作主張，把勒索信投給了張氏。」

「啊！」劉嘯眼珠子都快瞪了出來，他沒想到自己和wufeifan的恩怨竟然會是這麼開始的，那時候他還不知道吳越家族是wufeifan的一部分，甚至對wufeifan也沒什麼印象，如果吳越家族真把勒索信投給了廖氏，說不定自己當時還會把他們當作自己的同盟呢。世事果然難以預料！

「後來的事請就簡單多了，雖然我損失了一個吳越家族，但我可以再組建一個，不過，一個有天賦的高手卻很難遇到，所以我原諒了你，即便是後來你又滅了我的病毒集團，我還是原諒了你！我喜歡和高手挑戰，挑戰所有的高手，然後不惜一切打敗他們。」老大嘆了口氣，「可事不過三，你接著又滅了我的ＱＱ盜號集團，老藍回來告訴我，說那個和你在一起的女網監，已經懷疑到了他，所以我才不得不對你下手。你再有才華，如果威脅到了我，我也絕不能放過你，因為我的身後還有許許多多的兄弟，他們都是被我拖下水的，我要為他們負責。」

「你負得了責嗎？」劉嘯看著老大，「藍大哥，店小三，他們在圈內都是叱吒風雲的人物，就是隨便從軟盟的小辦公區拉一個人出來，都是獨當一面的高手，可現在呢，他們都變成了階下囚，你讓軟盟的技術核心損失殆盡，你讓駭客的精神徹底淪喪，這就是你負的責嗎？」

「他們是被你害的！」老大怒視著劉嘯，「冤有頭，債有主，害你的是我吳非凡，你衝我來便是，為什麼要拉上他們？」

「你這是狡辯！」劉嘯也怒視著老大，「那軟盟呢？當年南帝將你從地下駭客裡拉出來，他把軟盟交到你的手裏，可你為軟盟做了些什麼，你把軟盟變成了一個名利場、變成了一個腐化基地。你敢站在龍出雲的面前，拍著胸脯說自己負責了嗎？」劉嘯大吼著。

老大半天沒說話，雙手捏緊，臉色極其痛苦，最後才低低地問道：「龍哥他現在在哪，人還好嗎？」

「他很不好，很傷心，他已經決定要將軟盟出售。」劉嘯冷哼一聲，「他已經徹底寒心了，這就是你對他知遇之恩的報答！」

老大突然抽了自己幾個嘴巴，把劉嘯嚇了一跳，想伸手攔他，老大卻道：「如果你再見到他，請轉告他……，說……說我對不住他，我辜負了他。」

「你現在說這話還有一絲一毫的意義嗎？」劉嘯真是恨不得再抽老大一個嘴巴，「如果你當時有一絲的良心，就不會再次走上老路了！」

老大悶了半晌，道：「從前有一個人，他習慣用自己的右腳走路，有一天，他心血來潮，換了左腳走路，卻發現輕快了很多，於是，當他再換回遲鈍的右腳時，便怎麼也走不痛快，心裏總是惦記著左腳走路的快感！」老大嘆了口氣，「我什麼都明白，但我無法控制自己，我的心裏每日都在承受著煎熬。」

劉嘯嗤了口氣，他對老大這種邏輯很不爽，當你把手伸進別人的口袋時，你覺得很刺激，很爽，你在猶豫要不要把對方的錢掏出來的時候，有沒有考慮到對方的感受呢？

「我這輩子最大的錯事，就是遇見了你！」老大重新抬頭看著天花板。

「即便你沒遇到你，你此刻也會是階下囚的下場！」劉嘯吸了口氣，「如果不把你這樣的人剷除，那天底下所有的正當利益有誰來保障，他們的

公平又有誰來維護，他們還有什麼希望和前途？你破壞了所有人的秩序，你就必須要受到懲罰，這不會因為我的出不出現而改變！」

「成者為王敗者為寇，現在你贏了，當然你怎麼說都行，」老大對著天花板吁了口氣，「我累了，如果沒別的事，就恕不奉陪了！」

劉嘯站了起來，失望地笑了幾聲，「本來我來，是有很多事情想和你說清楚，不過看你現在這個樣子，也就沒有這個必要了。我只有一件事要告訴你……」劉嘯頓了頓，道：「軟盟現在由我接手，我會把它做得非常好，讓你心服口服！」

劉嘯說完便離開了。

出了拘留所，黃星就等在門口，看劉嘯氣沖沖出來，趕緊問道：「怎麼了？」

劉嘯咬著牙，「像吳非凡這種人，就應該讓他在監獄裏好好地懺悔！」

黃星拍了拍劉嘯的肩膀，「呵呵，放心吧，他今後有的是懺悔的時間！」又道：「對了，軟盟的事怎麼樣了，這可是中國駭客的一塊招牌，我們對它今後的發展也非常關心。」

「不太好，元氣大傷，人心不穩，這幾天已經走了好幾個了！」劉嘯皺著眉，「龍出雲已經無心管理軟盟，我現在想趕緊把收購軟盟的事完成，這樣至少可以穩定一下軍心，再這麼拖下去，不消別人動手，軟盟自己就先垮了！」

「唉……」黃星嘆了口氣，「誰也想不到軟盟會遇上這事。」

「本來收購方這兩天就應該派人過來商談的，現在出了一個岔子，也不知道什麼時候才能來人。」劉嘯捏了捏拳，這熊老闆跑去封明和張春生商談，都三四天了，一點消息都沒有，也不知道到底是個什麼情況。

「你也別著急，」黃星安慰道，「軟盟這爛攤子交給你處理，也真夠難為你的！」

劉嘯嘆了口氣，「走一步算一步吧！」剛說完，手機響了起來，一看，劉嘯難得地露出一絲笑容，道：「說曹操，曹操就到！」

劉嘯趕緊接起電話，「熊哥，事情辦得怎麼樣了？」

那邊熊老闆笑道，「我從封明回來了，事情很順利。我現在人就在軟盟呢，你跑哪裡去了，趕緊回來，我把事情給你說一說！」

「好好好！我這就回去！待會兒見！」劉嘯掛了電話，對黃星道：「黃大哥，今天這事謝謝你了，收購方有消息了，我得回去處理一下。」

「謝什麼！」黃星笑著，「行了，趕緊忙去吧，你要謝我，就把中國駭客的這塊招牌重新給我豎起來！」

劉嘯笑了笑，揮了揮手，急著奔回軟盟去了。

「熊哥，結果如何啊？」劉嘯一進門就迫不及待地問道。

「呵呵，是這樣的，老張已經答應和我共同出資收購軟盟了，他七我三，合同我都帶來了，現在就可以簽，錢也準備好了，成不成，就看你們軟盟董事長的一句話了！」熊老闆笑呵呵地掏出合同，「這下你小子滿意了吧！」

劉嘯把那合同接過來一翻，基本就是上次自己在封明時，張氏擬出的那份合同，當下劉嘯笑了笑，「滿意，滿意，那我這就通知一下龍董事長。」

「別急，別急！」熊老闆按住了劉嘯，「我還有一件事沒說呢！」

「什麼事？」劉嘯看著熊老闆。

「就是你跟我說的那事啊！」熊老闆瞪著劉嘯，看劉嘯一臉納悶的樣子，就道：「就封明高新技術產業區的事！」

「哦，這事啊！」劉嘯反應了過來，「這事怎麼了？」

「成了！」熊老闆爽朗地笑了起來，「哎呀，我平時算是沒白對你好，你這次給我介紹的這筆買賣可真是不得了，現在知道消息的，就我和老張，要是被別人知道了，那可就沒我什麼事了！」

劉嘯看著熊老闆，「封明高新技術產業區的事成了？」

「成了！」熊老闆點了點頭，「要不是為了等這事的確切消息，我早就回來了。」

「不會吧！」劉嘯有些懷疑，「這麼大的事，從立項到審批，沒個一年半載根本拿不下來，怎麼可能三五天的時間就定了下來呢。」劉嘯不敢相信。

「這事還有假？」熊老闆大眼瞪著劉嘯，「千真萬確！有中央和省裏的批文，據說是專案辦理，可見封明這個高新產業區必定是大有前景。我和老張共同出資，組建了一個封明高科建設投資集團，已經跟封明市市政府簽訂了聯合開發這個高新產業區的協定，以後高新區的所有項目，會優先考慮我們，而且用地稅收會給我們最大限度的優惠。不過，這事目前還在籌備階段，所以暫時外界不會有任何消息。」熊老闆拍著大腿，「值，真值，老張那一千萬花的是真值啊，沒有他那一千萬，封明市府怎麼會給我們如此大的

優惠呢！」

劉嘯傻了，信是信了，卻很納悶，這種事情根本就是天方夜譚，這麼大的案子，中央和省裏竟然不加審核評估就直接批准，到底是什麼原因促使的呢？劉嘯琢磨了片刻，覺得沒有別的解釋，要麼就是OTE的那份策劃實在是太厲害，不然就是因為OTE要來封明落戶投資。OTE本身並不怎麼出名，關鍵是OTE身上的影響力，他的客戶除了張氏外，其他無一例外都是全球性的大機構，一旦OTE落戶封明，那封明市必將舉世皆知。

可負責審批的人又怎麼會知道OTE的來歷呢，劉嘯就想起了那天劉晨的奇怪舉動，她一聽說OTE要來封明投資，不等飯局開始就匆匆離去，難道是劉晨從中使力了？那這劉晨也未免太厲害了，簡直就是手眼通天，直達天聽啊！

「別愣了，說吧！」熊老闆拍了拍劉嘯，「想讓我怎麼謝你？今天不管你說什麼，我老熊都絕不皺一下眉頭！」

劉嘯大汗，「我告訴你這件事，又不是圖你的謝，你這不是罵我嗎？」

「兄弟歸兄弟，可我要是不謝你，我這憋得難受啊。」熊老闆一臉著急。

「那就請我吃飯吧。」劉嘯笑說。

「就這樣？」熊老闆大失所望，「也罷，先欠著！」說著就拉劉嘯起來，「走！咱現在就走，去海城最好的飯店，點最貴的！哈哈！」

「別急啊！」劉嘯趕緊拖住他，手裏舉著那份合同，「咱們還是先把這個事弄完了再吃吧。」

「這又不耽誤！」熊老闆擺了擺手，「你現在就打電話通知軟盟的董事長，一會兒咱們邊吃邊談，直接飯桌上就把合同簽了。哦，對了，我差點給忘了，昨天中移動海城分公司的老總還給我打電話，說他們的網路得檢查檢查，讓我給他找人，你有空的話就去一趟。」

龍出雲接到劉嘯電話，聽說劉嘯選好的收購方要和自己談，而且合同都擬好了，便答應了下來，掛了電話，直奔劉嘯所說的「錦繡年華」去了。

劉嘯正聽熊老闆興奮地跟自己說著封明的前景，就聽有人敲包間的門，一看，正是龍出雲。劉嘯趕緊給熊老闆介紹道：

「熊哥，這就是我們軟盟的董事長，國內駭客圈大名鼎鼎的南帝。」

「久仰大名！」熊老闆站了起來，伸出手來，「龍董事長譽滿江湖，鄙

人仰慕已久，今日得見，實在是十分榮幸！」

「這位是熊老闆！」劉嘯也向龍出雲介紹著。

「熊先生好！」龍出雲伸出手，和熊老闆握在了一起。

「快請入坐吧！」熊老闆笑著招呼，「這裏就咱三個，沒有外人，就不必那麼客氣了！」說罷，自己便率先坐了下去。

龍出雲問道：「敢問熊老闆做的是什麼買賣？」劉嘯只跟他提過張春生，現在突然又冒出一個熊老闆，龍出雲也很意外，想摸摸底細。

「鄙人熊漢卿，是辰瀚投資集團的……」

「你是辰瀚投資集團的熊老闆？」龍出雲非常意外，以至於又站了起來，激動地看著熊老闆。

「沒想到龍董事長也聽過我們辰瀚集團。」熊老闆笑道。

「海城商界有誰不知道熊老闆的大名？辰瀚集團更是不得了，在全世界七十個多個國家都有投資，涉及多個領域，最重要的是，辰瀚幾十年來，投資的項目全部都大大獲利，從未失手，簡直就是商界的一大傳奇！」龍出雲露出敬佩之色，舉起酒杯，「今天有幸得見熊老闆，真是我的榮幸，我敬熊老闆一杯！」

熊老闆也舉起了杯子，「龍董事長過獎了，那些不過是江湖上的一些傳聞，不足信，不足信，呵呵。」

劉嘯以前從未打聽過熊老闆的事業，甚至沒問過熊老闆的名字，現在一聽也是嚇了一跳，他怎麼也想不到身為世界級富豪的熊老闆居然會如此低調，交往的朋友中，居然還有牛蓬恩之類的小嘍囉。

放下酒杯，熊老闆拿出那份合同，遞了過去，「龍董事長，這是咱們擬好的收購合同，請你過目一下。」

「熊老闆客氣了，你叫我出雲就可以了！」龍出雲客氣了一下，接過合同，道：「真沒想到，收購軟盟的竟會是辰瀚集團，這我就完全放心了，我相信軟盟在辰瀚旗下會越做越好！」

「呵呵！」熊老闆笑了笑，「這次本來是張氏收購軟盟，是我到封明硬纏了好幾天，那老張才答應讓我參上一股。我今天就是被老張派過來和你談判來的，誰讓咱是個二股東，天生跑腿的命！」

龍出雲有點反應不及，原來不是辰瀚集團收購軟盟啊。

劉嘯看出了他的困惑，便道：「這次的收購，張氏出資七成，熊老闆三成，由雙方共同收購軟盟。」

劉嘯翻開合同，挑出重要的條款給龍出雲看，「收購完成之後，軟盟劃入張氏和辰瀚剛剛組建的高科建設投資集團旗下，除了本次的收購資金外，未來三年，集團每年都會向軟盟注入大筆資金，用作軟盟的新產品研發和市場培養。」

熊老闆一聽，也道：「軟盟是我們這個高科集團成立後的第一個項目，也是今後的重點項目。所以龍董事長無需有任何的擔憂，我們會集兩個集團的資源，把軟盟做大做強，將它打造成真正的世界一流安全機構，絕不會辜負了龍董事長的心血。」

龍出雲翻了翻合同，上面的條款，都是劉嘯曾向他彙報過的，當下他點了點頭，「這點我絕對放心，軟盟能找到這麼好的歸宿，我很高興！」

「如果你對這些合同條款沒有異議的話，那我們就來商量一下這個收購價格吧。」熊老闆笑著，「之前龍董事長一直都沒提，劉嘯也不敢自己做主，所以合同中的這一塊我就空了下來，現在就請龍董事長把這塊填上吧。」

「唉……」龍出雲嘆了口氣，「其實我心裏非常矛盾，軟盟是我一手創辦起來的，是我的心血，我很不願意用明碼標價的方式來出售自己的心血，所以我一直在回避這個事情。」

「你的心情我可以理解！」熊老闆笑道，「但作為一項商業行為，我們總得為軟盟標出一個能符合它價值的價格。你放心，只要在我們能接受的範圍內，我們絕不還價。」

龍出雲咬牙想了片刻，道：「我根本就沒打算要從出售軟盟中獲利，我只想為它找一個好的歸宿，它能併入辰瀚，我也就放心了。這樣吧，不管你們出多少錢，我只要拿回這些年我投在軟盟裏的那些本金就行，其餘我分文不取，你們把那些錢全都投在軟盟裏，用作軟盟今後的運作支出。」

「這怎麼可以？」熊老闆很意外，龍出雲怎麼會有如此奇怪的想法呢，這哪裡是賣，簡直就是送嘛。

「好了，這事就這麼定了！」龍出雲一臉苦笑，「請熊老闆尊重一下我的感情，我視軟盟為自己的孩子，如果換了是你，你能靠出賣自己的孩子來獲利嗎？」

熊老闆也無奈了，一咬牙道：「我熊某人生平做生意，講究的是公平公正，從不占人便宜，你這擺明了就是為難我！」

不過熊老闆接著又道：「你看這樣行不行，我們就以兩億來收購軟盟，你過去的投資，我們給你作價五千萬，合同生效後一次付給你，其餘一億五千萬，我們匯入軟盟的帳戶，提高軟盟的註冊資本。另外，未來三年，集團每年都會向軟盟投資一億，用作軟盟的營運和開發。這個五億的資金，全都寫入合同！」

龍出雲想了想，點頭答應，他覺得五千萬這個價很合理，熊老闆沒為難自己，那自己也不能為難他。

誰知熊老闆又道：「但是我有一個條件，未來五年，你享有軟盟三成股份的分紅！」

劉嘯一聽就樂了，他還是第一次看見有人把到手的錢又推了出去。熊老闆這是要把自己在軟盟三成股份的分紅讓給龍出雲，軟盟之前的註冊資本只有五百萬，現在被他一下子提到一億五千萬，就算軟盟今後業績維持目前狀態不再增長，那連續分五年的紅利，也比一億五千萬只多不少，這不還相當於是拿兩億買下軟盟嗎？

果然，龍出雲不答應了，急著站起來要和熊老闆理論。

熊老闆更乾脆，「我已經讓步了，你要是連這都不答應，那咱們就沒法談了！」

劉嘯拉住龍出雲，「我看就這樣吧！萬一軟盟虧本，你想分都分不到呢。」

「軟盟要是虧本，我就把你小子的腦袋擰下來當球踢！」龍出雲罵道。

劉嘯吃了個癟，不過，還是笑呵呵地把龍出雲面前的那份合同拽了過去，掏出筆，將剛才熊老闆說的數字填在了合同上，然後道：

「兩位老總，拜託給我個面子，把字簽了吧！我已經盯著這些飯菜看了兩小時了，到現在一口沒吃到，你們要是再不簽，我可得餓死了。」

熊老闆大笑，龍出雲則無奈地搖了搖頭，道：「我簽！」

熊老闆又伸手攔住，「慢著慢著，呵呵，還有一件事沒定呢！說好了，我們今後不干預軟盟的具體運作，所以軟盟收購後的首席營運官，還是由龍董事長來提個名吧！」

「咳！我以為是什麼事呢！」龍出雲著就刷刷幾筆，簽下了自己的名字，「我看就劉嘯吧！」

「我同意！」熊老闆笑著，接過合同，也簽下了自己的名字。

第二天一上班，劉嘯就宣布了軟盟已經被張氏和辰瀚聯合收購了的事，

這讓所有的人都興奮了起來。

想起熊老闆昨天說的事，劉嘯又趕緊點了幾名技術員，和自己奔去「中移動」海城分公司。公司的人一看，又是一陣興奮，才剛被收購，公司就接了大單子，「中移動」可是全球最大的移動通信營運商，他們的單子，可不是隨便哪個公司都能接到的。

到了移動公司，劉嘯報明來意，前臺的接待人員核實了一下，隨後道：「請在一旁的休息室稍等一會兒，我們的總經理和技術部的人馬上就來！」

等了不到十分鐘的時間，「中移動」海城分公司的總經理就來了。

「你們是熊老闆介紹來的？」海城分公司的老總姓陳，他接過劉嘯的名片，只掃了一眼，問道。

「是！是熊老闆讓我們過來的，說貴公司要對網路的安全性做一次檢測！」劉嘯答道。

「唔……，是有這事！」那陳總不知為何，面露難色，沉吟了片刻，對身後的人道：「既然是熊老闆介紹的，那李主任，你給安排一下，帶他們去檢測。」說完，又對劉嘯道：「你們聽從李主任的安排就可以了，我還有事，就先失陪了！」

「幾位請跟我來吧！」李主任帶著劉嘯上了樓，在電梯裏解釋道：「最近咱們公司接到上級命令，說是為了防患未然，要求各地分公司都必須對各自的網路進行安全方面的升級和改造。本來這事已經有別的公司來負責了，但既然你們來了，又是熊老闆介紹的，那就先試試吧，多一個公司來檢測，我們也多一個借鑒，有個比照。」李主任笑說，「還麻煩諸位多多費心，務必檢查得仔細一些！」

「這是自然！」劉嘯皺了皺眉，問道：「李主任剛才說已經有別的公司來負責，這話是什麼意思？」

劉嘯很納悶，熊老闆並沒有對自己提過這事啊，怎麼半路還殺出個程咬金來了！

「是這麼回事！」李主任頓了頓，「昨天，移動公司的一個老客戶找上門來，說這次的安全改造由他們公司來負責，因為是老關係了，陳總就答應了下來！」

「是哪個公司？」劉嘯問。

「華維啊！」李主任笑說，「你們不會沒聽說過吧？」

劉嘯大驚，華維的名字怎麼可能沒聽說過呢。華維可說是中國的名片，

作為通信器材供應商，全球一千五百多家電信營運商，有一千多家和華維有業務往來，而排名前五十的電信營運商，更是有四十家採用華維的通信設備和通信方案。同時，華維也是中國電信、中國移動的主要供應商，每年的銷售額近兩百億美金，是名副其實的電信行業領導者。相比之下，軟盟就小得可憐了，每年的銷售額只有華維的百分之零點幾。

不過劉嘯有點納悶，華維一直做的是全球電信營運商市場，以前從未涉及企業網市場，更不要提及安全市場，為什麼這次突然要求要做海城移動公司的安全業務呢，難道華維準備進軍安全市場了嗎？

「劉總？」李主任看劉嘯有些愣神，就道：「你怎麼了？」

「沒事沒事！」劉嘯擺擺手，問道：「那李主任的意思是說，即便我們軟盟今天對貴公司的網路進行了安全檢測，那後面的安全改造，也必定是要採用華維的方案？」

「沒有錯！」李主任倒也坦白，「華維的人大概明天就到。」

劉嘯心裏暗自咒罵，那自己還檢測個屁啊，就是檢測得再好，提出的解決方案再安全，別人也不會認同，因為最後執行的還是華維的檢測報告。劉嘯覺得海城移動這是在耍自己，心裏就別提多惱火了！

「不過劉總請放心，你們的檢測費，我們肯定一分都不會少的！」李主任趕緊補充了一句，一副「咱有的是錢」的架勢，笑道：「誰讓你們是熊老闆介紹過來的呢！」

劉嘯真想抽那李主任幾個嘴巴，說得好像自己是來混錢似的，不過仔細一想，劉嘯就忍住了，自己要是不為了錢，跑這裏來幹嘛，既然對方肯付錢，那自己為什麼不幹？

劉嘯咬咬牙，自己不但要幹，而且還要幹得漂漂亮亮，這安全領域本來就是軟盟的戰場，自己要讓這些人都看看，什麼才叫專業，什麼才是權威，要讓他們明白，安全檢測的活，不是隨隨便便一個半路出家的半吊子就能幹得了的！

李主任帶著劉嘯他們進了機房，給劉嘯介紹了一下海城移動公司的網路結構，然後就道：「情況就是這些，你們是專業做安全的，相信對此並不陌生，你看什麼時候可以開始檢測？一天的時間夠不夠？」李主任這話意思很明顯，他只能給軟盟一天的時間，因為明天華維的人就要來了！

「夠了！」劉嘯說完，拍了拍手，招呼著自己帶來的這些人：「弟兄們，別站著了，開始動手吧！」

那幾人顯得無精打采，因為最後吃肉的是人家華維，沒自己什麼事，自己也就是走個過場混點錢，做好做壞無關緊要，當下就朝著那些電腦慢慢磨蹭了過去。

劉嘯一看，便道：「你們幾個給我聽仔細了，別以為這次吃不上肉，你們就可以消極怠工，好歹咱們軟盟也是安全界的老大哥、老前輩不是！華維這次初涉安全領域，便拿下這麼個大項目，作為前輩，咱們不能光站在一旁看熱鬧呀，咱們得幫襯一把，順便也教教他們，讓他們知道這安全檢測到底應該怎麼做！」

那幾人聽了，立即各個伸胳膊捋袖子，道：「是該好好教教他們，一點規矩都不懂！」

旁邊李主任一看慌了，趕緊拽著劉嘯，「劉總，這……你們可不能……」

「李主任您放心，我們一定會全力以赴的！」劉嘯說完，不再搭理那李主任，扭頭瞪著那幾個人吼道：「你們還站著幹什麼，沒看見李主任都急了嗎？我告訴你們，你們這次要是敢丟軟盟的臉，我就砸了你們的飯碗！」

那幾人笑著，「放心吧，劉總，咱們肯定拿出壓箱底的手段，怎麼著也不能輸給一個新人吧！要是輸了，你也別浪費那幾個碗，咱直接自裁得了！」幾人說完，迅速分好工，便各自拿出工具忙去了！

這話讓劉嘯聽著很提氣，他要的就是這股精神，軟盟現在缺的也就是這個，他倒不是非要做海城移動這單生意不可，只是他看不慣華維和海城移動的辦事風格。華維根本還沒做安全檢測呢，便要求這單生意由他們來做，他們這是對客戶極端不負責的一種表現，而海城移動就更離譜了，既然答應了華維，那就不應該再讓軟盟來摻和，他們這麼做，不但違背了公平競爭的原則，而且讓軟盟感覺受到了羞辱。所以劉嘯很憤怒。他現在倒像是張小花，是一隻渾身長滿了尖刺的刺蝟，誰來撩撥他，他都會立刻還對方一手的針眼，而不是「君子報仇，十年不晚」。

李主任站在那裏汗都出來了，劉嘯話裏有話，他肯定聽出來了，也怪自己剛才說話太囂張，沒把軟盟放在眼裏，現在惹了這麼一幫活閻王，誰知道他們會不會在檢測的過程中做什麼手腳。

李主任站在那裏手足無措，不知道現在該怎麼處理，最後猶豫了半晌，轉身離去，大概是向老總彙報去了。

第七章　雙贏合作

「我們總部覺得劉總提出的合作方案非常有創意，經過一致決議，總部同意和軟盟以及其他所有的安全機構進行同樣的合作，以後大家可以彼此共用對方手裏的未知漏洞。」

劉嘯笑著點頭，「這會是一個雙贏的合作！」

過了半個多小時，也沒看到李主任再回來，劉嘯把那幾人手上的活都檢查了一遍，便自己動手，開始忙活起來了！

中午吃飯的時候，海城移動的人給劉嘯他們送來了午餐，幾人一直做到下午快下班，那李主任才回來，笑著問道：「劉總，檢測做得怎麼樣了？」

劉嘯停下手裏的活，「差不多再有個十來分鐘就可以完工了。」

「這麼快就好了？」李主任做出一副很意外的的樣子，「劉總不必這麼趕嘛，既然已經開始做了，就做仔細一些，咱們有的是時間，今天做不完，明天接著做也行！」

劉嘯一抬手，「不必了，一天的時間足夠了！」不過卻很納悶地看著李主任，之前不是還說明天華維要來嗎，是不是又有啥變化啊。

正想著，那邊那幾個人走了過來，「劉總，全都弄好了！」

「好，我這就差一點了，你們先收拾東西準備下班吧，今天辛苦大家了！」劉嘯說完，就趕緊繼續忙自己的活了。

「不辛苦！」那幾人笑著收拾好東西，就告辭離開了。

劉嘯收完自己的這點尾巴，起身也開始收拾東西，看見李主任還在一旁站著，便問道：「李主任，你還有事？」

「沒事，沒事！」李主任看著劉嘯，「你確定不需要再檢測檢測了？」

「不需要，我們已經做了徹底全面的檢測！」劉嘯背好自己的工具包，「回去我們就把檢測報告以及安全改造的方案拿出來，這大概需要三四天的時間！」

「好，好，不急不急！」李主任笑著，「你們軟盟辦事，可真是雷厲風行啊！」

「沒辦法，最近手上案子實在太多了，不抓點緊都忙不過來！」劉嘯笑著搖頭，伸出手，道：「好，那我就先告辭了，等報告一出來，我就著人給您送過來！」

「等等，劉總！」李主任又攔住了劉嘯，「還有一件事，我還沒告訴你呢！」

「中午我們老總又慎重地考慮了一下，覺得這次我們公司的安全改造項目，還是由你們和華維來公開競爭，誰的方案更好，誰的安全性更高，我們就採用誰的！」李主任笑著，「劉總，你可要抓住機會啊！」

「咦？」劉嘯甚是驚訝，海城移動怎麼又改變了主意呢，「李主任，不是說……」

「哎，老總有老總的考慮，咱也說不上什麼，你們要是有興趣做這個項目，回去就好好準備準備！」李主任嘆了口氣。

「好，我知道了！」劉嘯致謝，「謝謝李主任的這個消息！」

出了海城移動，看看時間已經到了下班時間，劉嘯就直接回家，沒有再往公司趕。

回家後第一件事，就是去查有關華維進軍安全領域的的消息，一查之下，劉嘯發現，其實華維進軍安全領域的計畫早就露出了苗頭，只是自己以前把這重要的消息給錯過了。

消息是兩個月前發佈的，華維與同樣處於全球安全技術領導地位的賽門鐵殼宣布合資，雙方組建一家新的公司，進軍存儲和安全業務領域。賽門鐵殼或許很多人沒聽說過，但它設計的諾頓防毒軟體，在全球卻擁有眾多的個人用戶。

劉嘯捏著下巴使勁琢磨著，「奇怪了，兩個月前自己在幹什麼呢？怎麼會錯過這條消息呢？看來華維進軍安全領域並不是一時興起啊！」

最後一想，劉嘯算是想出來了，兩個月前，正好是吳非凡栽贓自己，自己又忙著栽贓Timothy的時候，那時候自己自身難保，也就難怪沒看到這條消息。

劉嘯繼續搜索，便又搜索出一條大新聞，華維開出年薪三千五百萬的條件，聘用已經消失很久的駭客高手「北丐」獨孤寒來擔任安全業務的技術總監！

「三千五百萬……」劉嘯的下巴差點掉在了地上，媽的，人和人差距怎麼這麼大呢，自己好歹也是總監，可年薪還沒有人家的零頭多呢。

北丐獨孤寒、西毒殺破狼，這兩位算是國內五大高手中很神秘的人物，出道多年，圈裏除了極少數幾個人，沒人知道他們的真名真姓，也沒人見過這兩人的真面容。北丐獨孤寒更是神龍見首不見尾，從不為任何一家安全公司賣命，也沒聽說他幹出什麼大事業，只是偶爾在江湖裏冒個泡，卻能在瞬間變成一場大風浪。

劉嘯就曾聽過一個關於北丐的傳說，說當年國內有家安全論壇，上面有兩幫人為了一個問題爭論了有半個多月，誰也占不到上風，後來北丐突然現身，在兩幫人的爭鬥中插了一嘴，兩幫人按照北丐說的一試驗，全都沒說話了。更離奇的是，北丐的那段話後來傳了出去，被很多地下駭客借鑒利用，由此引發了一場曠日持久的病毒風波，一舉刷新了病毒史上變種最多的記錄。

華維不愧是財大氣粗，人脈廣、面子大，居然連北丐這種閒雲野鶴般的人物都能找到，倒也算得上是神通廣大了。劉嘯皺了皺眉，如果軟盟這次碰上的是北丐，那海城移動項目能不能順利拿下，就有點懸了。

劉嘯又搜了一些關於北丐的消息，結果發現北丐居然在一個月前開通了自己的個人博客，劉嘯大感興趣，急忙連結過去。

博客上甚是熱鬧，很多慕名而來的小駭客們都紛紛留言，支持北丐重出江湖，一些仰慕者甚至是留言給北丐，希望北丐能收自己做徒弟。

讓劉嘯意外的是，他本以為北丐既然能開部落格，那就一定會在自己的部落格上寫一些關於安全方面的心得，誰知翻遍了所有的文章，心得倒是心得，卻不是安全方面的，而是炒股心得。文章千篇一律，都是介紹今天股市行情如何，什麼股跌了，什麼股漲了，然後建議大家買什麼拋什麼，字裏行間，儼然一副專業股評家的氣度。

「靠！」劉嘯拍著鍵盤，「會不會是搞錯了啊，這小子是炒股界的北丐吧！」

第二天到了軟盟，劉嘯剛吩咐完昨天跟自己去海城移動的那幾人抓緊把檢測報告弄出來，就見iDeface的人走了進來，領頭的還是那個副總。

劉嘯迎了過去，「歡迎，請到會議室談吧！」

一眾人進了會議室，iDeface的副總就開口了：

「我們總部覺得劉總上次提出的合作方案非常有創意，經過一致決議，總部同意和軟盟以及其他所有的安全機構進行同樣的合作，以後大家可以彼此共用對方手裏的未知漏洞。」

劉嘯笑著點頭，「這會是一個雙贏的合作！」

iDeface的人遞上一份新的合同，「這是新的合作協議，請劉總過目！如果沒有什麼異議的話，我們現在就可以簽約！」

「好，我看一看！」劉嘯結果了那份合同，轉身吩咐大飛，「大飛，我辦公桌上有個藍色的檔案夾，你幫我拿過來！」

大飛把劉嘯說的那個檔案夾遞了過來。

「謝謝！」劉嘯將檔案夾遞給了iDeface，「這是上次答應你們的關於中國駭客地下產業鏈的一份報告，希望能對你們的計畫有所幫助！」

iDeface的副總接了過去，稍微一翻，便起身對劉嘯道謝：「太謝謝你了，你的報告非常詳盡真實，我代表總部感謝劉總的幫助！」

「不用這麼客氣，其實扼止地下駭客犯罪，也將是軟盟今後的一個工作重點，以後我們還希望能在這方面得到iDeface的幫助！」劉嘯擺手笑說。

「一定一定！」iDeface副總急忙應著，「打擊地下駭客，需要所有的安全機構共同努力，今後我們會加強和中國駭客，尤其是和軟盟的合作！」

劉嘯此時已經把iDeface的協議翻了一遍，iDeface在共用方面實行的是對等交換機制，也就是說，你賣給iDeface一個什麼級別的漏洞，iDeface就可以免費給你共用一個同級別的安全漏洞，如果超過出售的數目，iDeface則實行有償共用制，但收取的費用遠遠低於其收購價格。

不過，這對iDeface來說，是個絕不會賠本的買賣，他們收購漏洞的錢，最後都會由那些軟體商來支付，iDeface不但可以賺一筆差價，更主要的是，他們可以得到很多安全漏洞的資料。

這樣的好事，劉嘯也想做，但問題是，軟盟沒有iDeface那樣的人脈，軟盟在世界上的影響力太小，不可能和那些軟體商達成合作協議。不過在國內搞一搞，也還是可以的，劉嘯心裏就琢磨著怎麼能在國內市場把這事也搞起來。

「劉總，你對新的合作方案沒有什麼異議吧？」iDeface的副總看劉嘯半天沒反應，就問道。

「沒有，沒有！」劉嘯笑著，「我看我們現在就可以簽了！」

「我先簽！」

iDeface副總笑著，把那合同又接了過去，刷下幾筆，簽好了自己的名字，然後又起身遞給劉嘯。

劉嘯接過，簽好名字，雙方各留一份，劉嘯起身笑道：「預祝我們兩家之間的合作成功！」

「明天我們就要啟程去下一站了，今晚我們在新世紀酒店備下了晚宴，以答謝劉總這幾天對於我們iDeface的支持，還請劉總務必賞光！」iDeface的副總邀請著。

劉嘯笑著擺手，「這不行！我們軟盟是東道主，你們遠來是客，這頓晚宴應該由我們來請，就算是為你們送行吧！大飛，你去安排一下，就在新世紀酒店吧！」

「行！」大飛站起來，「我這就去辦！」

iDeface的副總看劉嘯已經安排了下去，客氣了幾句，也就沒再說什麼，起身告辭，雙方約好晚上再見！

劉嘯現在總是感覺時間不夠用，一連好幾天，他都忙著搞那兩家證券公司的伺服器和網站程式，還有那海城移動的安檢報告和改造方案。公司裏的閒人倒也不是沒有，但都幫不上忙，因為以前軟盟的業務實在太過於繁雜瑣碎，以致於養了很多根本用不到的人，有些業務三年也很難接到一單，這一切都讓劉嘯下定了為軟盟重新定位的決心。

張氏和辰瀚很快就要召開新聞發佈會，正式宣布收購軟盟的事，而劉嘯也將正式走馬上任。劉嘯這幾天工作之餘，一直都在公司搞調研，和公司的骨幹不停地商議，他要趕在新聞會發佈會之前弄出新的改造方案，然後在發佈會上正式宣布。

證券公司的伺服器終於搞定了，時間上剛剛好趕上了網監的安全檢查，證券公司的楊總和朱總不放心，一定要讓劉嘯過去現場，說是萬一有個變故，有劉嘯在，他們也能臨機應變。

劉嘯無奈，只好暫時放下手裏的活，趕到了證券公司。

楊總和朱總早就等在了門口，看見劉嘯過來，急忙走過來，一臉的緊張，「劉總，你說這回會不會再出什麼事啊？我們倆是死是活，就全看你了！」

劉嘯笑著，「我們軟盟是盡了全力，這麼說吧，如果我們軟盟做的安全都過不了關，那國內你再找其他任何一家安全機構，也都過不了關的！」

過了十來分鐘，就看見兩輛警車徑直開了過來，門一開，呼啦啦下來幾個人，從後車箱抱出一些檢測設備，看來是有備而來啊！

前面的車上此時慢悠悠下來一人，轉身吩咐道：「大家都注意點啊，輕拿輕放！」

楊總朱總一看，就知道這人是頭了，趕緊迎了過去，邊打招呼邊遞煙，「警官同志，辛苦了！」

誰知那警察卻看見了劉嘯，道：「劉嘯，你怎麼也在這裏！」

「黃星大哥，你好！」劉嘯無奈笑著，這世界真是太小了，「這兩家證券公司的伺服器安全，是我們軟盟負責做的。他們不放心，把我叫了過來！」

楊總和朱總一看劉嘯竟然認識這網監的領導，心中頓時穩當不少，有道是朝中有人好辦事，看來這次找軟盟真是找對了！還是人家熊老闆厲害，關係多，面子廣，肯定是早就知道了軟盟和網監的關係，這才給自己介紹了過來，這次多虧了熊老闆，不然自己可就真栽了。

「是你們做的啊？」黃星笑著，「那估計應該沒什麼問題，肯定能過關！」

楊總朱總一聽，臉上就綻開了花，你看看，這還沒檢查呢，檢查結果就出來了，過關！

誰知劉嘯道：「還是檢查一下比較穩妥！」

黃星笑著點頭，「檢查肯定是要檢查的！我真是倒楣，本以為吳非凡案子一結，我就可以回去了，誰知上面得知我在海城，就把我派來負責這事了！」

「案子結了？」劉嘯看了黃星一眼，「什麼個結果？」

黃星看身後那些屬下都弄好了設備，便道：「走，邊走邊說吧！」

楊總朱總一聽，趕緊前面領路，「諸位辛苦了，辛苦了！咱們兩家公司的伺服器，現在都在一塊，也省得你們再多跑一趟。」

「這樣最好！兩位老總真是有心了！」黃星笑著，一邊對劉嘯說道：

「案子審完了，吳非凡是首犯，數罪並罰，被判終生監禁；藍勝華、店小三，三十年；其餘的人根據各自情況，三年至十年不等。唉，這案子要是公佈出來，肯定會是個轟動的大案子，世界上很多國家都有審理駭客犯罪的案例，但還從未有過一次審理這麼多駭客的案例，吳非凡他們也算是創造了一個記錄，不過這個記錄十分不光彩。」黃星嘆著氣，「都是天才吶，可惜，可惜！」

劉嘯也是唏噓不已。

到了裏面，網監的人開始忙活著檢測，劉嘯和黃星站在一旁繼續閒聊。

黃星笑說，「要說這兩家公司，也真夠倒楣的，你知道這次駭他們網站的是誰嗎？」

劉嘯搖了搖頭，「伺服器都被你們查扣了，我怎麼會知道？怎麼，你們調查有結果了？」

「嗯！」黃星點了點頭，壓低了聲音，「根據我們所掌握的情報，駭掉這兩家證券公司網站的元凶，正是Timothy！」

「不會吧？」劉嘯差點閃了腰，這大大出乎了他的意料！

「我們手裏掌握不少知名駭客的入侵行為特徵，根據事後的仔細對比，我們認為Timothy作案的可能性最大，可惜我們沒有查到攻擊的真實源頭！」黃星嘆了口氣，「Timothy潛入國內已經好長時間了，他們一定是被某些反動集團或者是恐怖組織給買通了，專門來製造事端的！看來我們得抓點緊，必須儘快找到傢伙。」

「不對吧！」劉嘯還是覺得不對。

「什麼不對？」黃星納悶地看著劉嘯。

「駭客製造這樣的事端，有必要潛入到國內嗎？」劉嘯聳聳肩，「他要駭個證券公司的網站，在世界上任何一個地方，只要能接入互聯網，他們就能辦到，何必蠢到潛入進來才駭，這不等於是自己送上門讓人抓嗎？」劉嘯搖著頭，「不可能，絕不可能，再傻的駭客都不會這樣做！」

「你是說，我們這次判斷錯了？這事不是Timothy幹的？」黃星反應了過來。

「或許是判斷錯了，或許就是Timothy幹的，但我敢保證，他潛入國內，絕不會只是來做這事的！」劉嘯道。

「有道理！」黃星算是完全反應了過來，「你的意思我明白了，Timothy潛入國內肯定有其他的目的，而攻擊證券公司網站，很有可能是個幌子，他想拿這事來混淆我們的視線，誤導我們進入錯誤的調查方向。」

「沒錯！」劉嘯覺得Timothy一定有問題，但只是一種感覺，自己也說不清，還是黃星老道，一下就把劉嘯心中的疑惑說了個明白。

「看來我們真是有點低估了他啊！」黃星也為自己之前的錯誤判斷而感到挫敗，隨即道：「這事我得趕緊向上面報告一下。」黃星說完，就衝那幾個網監道：「這裏就交給你們了，有結果告訴我一聲就行！」

「好了，我就先走了！」黃星轉身看著劉嘯，「放心，上面也知道這兩家公司是被冤枉的，所以今天的檢查也就是一般的例行性檢查而已！」

「等等！」劉嘯喊住了黃星，此時他心裏正在猶豫著要不要告訴黃星自己曾在封明看見Timothy的事，他有點猶豫，他也希望趕緊抓到Timothy，但又怕抓到Timothy後給自己惹上麻煩。自己的麻煩本來就挺多了，這也是劉嘯上次看見Timothy，但並沒有向黃星告知的原因，不過看現在事態有點嚴重，他不得不重新考慮一下。

「還有什麼事嗎？」黃星奇怪地看著劉嘯。

「這……」劉嘯一咬牙，「或許我可以幫你找到Timothy！」

「什麼？」黃星看著劉嘯，有點不相信，他們可是動用了全部的資源，

也沒找到Timothy的一根汗毛呢。

「前兩天我去封明，曾經看見過Timothy本人！」劉嘯說著，「要想找到他，我建議你們去找廖氏的廖成凱，Timothy出現在封明，是受到了廖成凱的邀請，目的是攻擊張氏企業的決策系統，破壞張氏企業系統的啟動儀式！」

「你怎麼不早說！」黃星跳了起來，氣乎乎踱了幾圈，突然對那幾個網監吼道：「收隊！立刻跟我去封明！」

那幾個網監莫名其妙看了過來，不知道黃星是怎麼了。

「還愣著幹什麼！」黃星再次吼道：「沒聽到我命令啊！」那幾個網監這才慌忙停止檢測，開始收拾東西。

楊總、朱總也愣住了，湊了過來，小心地問道：「警官同志，那我們這次的檢查……」

「靠，老子現在都火燒眉毛了，哪有工夫管你們這點破事！」黃星吼道：「過了！」說完，便帶著自己的人撤退了。不一會兒，樓下警笛大作，一眾人等急速遠去。

「這……」楊總、朱總還是一頭霧水，回身向劉嘯求證著。

「沒聽他說了嗎？過了！」劉嘯嘆著氣，「沒事了，網站可以開張，公司也沒問題了！」說完，劉嘯也一臉鬱悶地離開了。

回到軟盟，正是中午休息時間，一大幫人興高采烈圍著大飛說得眉飛色舞。

劉嘯走上前去，問道：「說什麼呢，這麼高興？」

眾人笑著散開，不過都看著大飛。

大飛站起來，道：「沒事！正跟他們吹牛呢！」

「不厚道！」旁邊一人搖頭笑著，「大飛你小子是準備要悶聲發大財吧？」

劉嘯奇道：「發什麼財？」

「不是說iDeface要花錢收購漏洞嗎？」那人看著劉嘯，道：「大飛準備要賣幾個！」

「我就知道你小子手裏肯定有不少私貨！」劉嘯笑呵呵看著大飛，「怎麼樣？你準備撈多少啊？」

「撈什麼撈啊！」大飛苦著個臉，「就跟賣自己孩子似的，哪捨得啊！」

「靠！」旁邊那人就狠狠捶了大飛一拳，「你小子一口氣賣七個孩子，還說自己捨不得啊，這都什麼人啊！」

周圍的人都笑噴了，劉嘯也是笑得喘不過氣來，拍著大飛的肩膀，豎起個大拇指，「你小子真行！」

旁邊眾人跟著道：「一個漏洞能賣六萬到八萬美金，這下大飛可要發了，至少四十萬美金到手！」

大飛笑著，「羨慕吧？羨慕的話就趕緊把自己手裏的貨拿出來，別藏著掖著了，晚了說不定別人就先賣了呢！」

劉嘯拍了拍大飛的肩膀，低聲道：「我說，你也別什麼都敢賣，自己看家的東西留著點！」

「知道，知道，我心裏有數！」大飛也湊到劉嘯跟前，「和iDeface合作的協定可是你簽的，怎麼著，你不表示表示？」

「你要我怎麼表示？」劉嘯笑道：「這樣吧，既然你出售七個，那我也出售七個吧，這樣可以吧？」

「沒問題，沒問題！」大飛「嘿嘿」笑著，「你都決定出售了，那是不是拿出來共用一下啊？讓我們也學習學習！」

「沒問題！」劉嘯當即對著眾人宣布，「以後只要有人出售漏洞，公司會根據他本人的意願，決定是否將這些漏洞對公司其他人共用！現在從我開始，我先拿出七個漏洞，稍後我就會把漏洞的詳細資料交到公司技術部！」

大飛稍微一愣，也拍了拍胸脯，「行，反正錢我也拿了，我宣布，我那七個漏洞也奉獻給大家了！」

劉嘯笑了笑，其實他要的就是這個效果，一個安全機構的地位往往取決於它手裏掌握有多少未知的漏洞，掌握的未知漏洞越多，那這個公司的安全方案、安全產品的安全性就會越高。而人都是有私心的，很多人並不願意把自己手裏握有的漏洞無償奉獻給公司，因為一個駭客的江湖地位，取決於他本人手裏握有的未知漏洞數量。

現在有iDeface來買單，軟盟不花一分錢，就能得到數量可觀的未知漏洞，而且還能從iDeface換來更多的，劉嘯當然不會錯過。這些未知漏洞將會大大提高軟盟的實力，開發出安全度更高，防禦性更強的安全產品，公司的員工也能得到實質性的經濟惠利，有了這些刺激因素，員工們的積極性和凝聚力就會大大提高。

雖然想法沒有任何問題，但實際操作可能還會存在一些困難，若是將所有的漏洞資料對員工開放，一旦有員工被別的公司挖了牆腳，那軟盟的損失也會非常大，所以劉嘯還得和公司的其他管理層人員商量出一個可行的共用機制來。

下午劉嘯接到了海城移動的電話，詢問安檢報告和安全方案是否出來，說明天一大早，華維的人就會送來他們的安檢報告和安全方案，如果軟盟方便，希望也能到海城移動一趟，公司的老總想聽到雙方各自的安全方案，然後做出個比較。

劉嘯答應了下來，說明天一定準時到。掛了電話後，劉嘯準備到外面去吩咐公司的技術員把關於海城的安全報告和安全方案整理出來，其實就剩下個收尾的工作了，一下午的時間足夠了！

剛走兩步，電話又響了起來，劉嘯接了起來，就聽裏面一頓劈哩啪啦：「劉嘯，你怎麼回事？你在封明看見了Timothy，為什麼不告訴我！你知道你這樣做會造成什麼後果嗎？你要對你的行為負責！」

看來黃星他們已經到了封明，不然劉晨也不至於這麼狂怒了。

「這……我不知道Timothy入侵了那些網站嘛！」

「就算你不知道這些，那你總知道他製造了海城事件吧！」劉晨大聲吼著！

「你說啊！」劉晨繼續發飆，「你怎麼不說話了？」

「事情都已經這樣了，你想讓我說什麼啊！」劉嘯也懶得糾纏了。

「你……」劉晨估計都氣啞了，過了好半天，才道：「你給我記著，等我把Timothy的事擺平了，看我怎麼收拾你！」說完「匡噹」一聲掛了電話。

劉嘯隔著電話，都可以聽到那邊劉晨咬牙切齒的聲音，心裏不禁泛起一陣陣寒意，定了定神，他才道：「誰怕誰啊，我倒要看看你怎麼收拾我！」放下電話，劉嘯慌忙出門安排去了。

第八章　內憂外患

內憂外患啊！軟盟剛遭重創，內部人心不穩，劉嘯使出渾身解數，才稍微有了一絲好轉的跡象，現在外部又添強敵，軟盟的前途一時有些撲朔迷離，劉嘯現在心裏有一種說不出來的感覺。

第二天，劉嘯帶著大飛還有報告方案，趕到了海城移動，接待他們的就是上次的李主任。

「歡迎，歡迎！劉總真是守時！」李主任熱情地招呼著，「華維的人還沒到，麻煩劉總你們先到會議室稍等片刻，等華維的人一到，咱們就開始！」

兩人被領到了會議室，坐下後，劉嘯把檔案稍稍整理一下，對大飛道：「華維是鐵了心要進軍安全領域了，為此還聘請了北丐獨孤寒做這方面的技術總監，也不知道今天是不是他來？」

大飛撇了撇嘴，「管他誰來，碰上老子，全都沒戲！」

劉嘯笑著搖頭，「你小子倒是挺有信心啊！」

「北丐他再怎麼厲害，也就是一個人，咱們軟盟的專業安全人士，可是占了國內的六成以上！」大飛往椅子上一歪，「如果咱們這麼多人都搞不過一個北丐，那真是沒臉在圈子裏混了。」

兩人正說笑著呢，那李主任又推門進來了，「兩人久等了，華維的人已經到了！」

李主任說完，趕緊把自己身後幾個人請了進來，劉嘯和大飛站起身來，準備和華維的人打個招呼，誰知看清來人的模樣，那大飛就「靠！」了一聲，重新歪坐在椅子裏，一臉的生氣。

原來華維方面來的那幾個人，就是前幾天非要辭職的那幾位軟盟的員工。劉嘯此時才如夢方醒，原來挖軟盟牆腳的，居然是華維！

那幾人也沒想到會在這裏看見劉嘯，都愣在門口。

「諸位別愣著啊，趕緊坐吧。」李主任急忙招呼著，「我現在就去通知陳總。」李主任說完，稍微一欠身，去通知自己老總去了。

「劉……劉總，真是巧啊！」那幾個人回過神來，不好意思地和劉嘯打著招呼。

劉嘯還是努力保持住風度，伸出手，道：「沒想到會在這裏看見你們，恭喜諸位了，能夠在華維擔任要職。」

幾人有點尷尬，和劉嘯匆匆一握手，就急忙坐了下去，他們心裏不禁把海城移動的老總咒罵了好幾遍，說好了今天是要聽取華維的安全方案，怎麼把軟盟也叫來了，而且事先也不打聲招呼，搞得自己現在這麼難堪！

劉嘯掃視了一下對方，道：「不知道你們的技術總監今天來了沒有，我久聞北丐前輩大名，只是一直未能見上一面。」

「這……」對方中的一人咳了兩聲，「我們總監有要務纏身，不能親臨海城！」

劉嘯「哦」了一聲，「真是遺憾吶！」嘴上雖這麼說，但劉嘯心裏卻是放心了不少，如果北丐在場，他多少會有點壓力。

陳總此時滿面春風走了進來，哈哈笑著：「抱歉，抱歉，讓諸位久等了，真是對不住了！」

眾人急忙起身示意，劉嘯笑著，「我們也是剛到！」

陳總示意大家都坐，完了看著劉嘯，道：「沒想到劉總今天也能夠親自到場，我聽說你們給本市兩家證券公司做的伺服器順利通過了國家網監部門的驗收，了不起，了不起！」

劉嘯沒想到消息會傳得這麼快，當下笑著：「陳總過獎了，咱們軟盟就是專業做安全的。」

「好，好！」陳總連連點頭，又扭頭看著華維那邊的人，笑道：「實在是不好意思，本來呢，我是答應把這次的安全升級項目交給華維去做，但因為事關重大，為了穩妥起見，我又臨時決定改為競標方式，特地邀請了軟盟參與，還希望貴公司能夠給於理解和體諒，實在是責任重大，我不敢有所疏忽啊！」

事情已經這樣了，華維那幾人雖然心裏很不爽，但也不能說什麼了，只能把這事認下了。

陳總看華維的人沒意見，便道：「那咱們就開始吧！今天雙方都在場，咱們絕對是公平公正，誰的方案好，我們就採用誰的！」說完，陳總一伸手，示意可以開始了，然後往椅背上一靠，一副「坐山觀虎鬥」的樣子。

大飛準備起身，被劉嘯按住了，劉嘯示意他穩住，先看華維方面的動靜。

雙方靜靜地對視一分鐘，華維的人才忍不住了，站起一人來，「那我就先介紹一下我們華維的安全業務吧。」

那人頓了頓，道：「我們華維是全球具有領導地位的電信器材、以及通信方案供應商，同時，我們也為客戶提供優質的安全解決方案。我們的器材就不用多說了，因為海城移動使用的就是我們華維的產品，海城移動能夠選擇我們的產品，本身就已經證明了我們產品的品質和性能！在安全方面，我們華維同樣具有全球最雄厚的實力、最專業的人才，而且，我們在這方面具有非常豐富的經驗，因為我們有著很多成功的合作案例，我們為全球很多知名的企業，甚至是跨國企業，提供過安全解決方案。」

「對不起！」劉嘯終於逮到了對方的把柄，「可不可以打斷一下你的講話？」

那人訝異地看著劉嘯，「請講！」

「你剛才說華維有很多安全方面的成功案例，我想請問一下，這些案例都可以求證嗎？」劉嘯問道。

那人一愣，隨即正了正色，「那是自然，所有的案例都可以求證！」

「很好！」劉嘯點了點頭，「那請你舉出一個案例來！」

「呃……」那人顯示有些慌張，「這個……」吭哧半天，竟是舉不出個例子來。

他旁邊的另外一人此時趕緊站了起來，拿出一份檔案，「這份檔案裏，有我們成功案例的所有資料，劉總要是不信的話，可以去親自求證！」

劉嘯接了過來，翻開了念道：「二〇〇三年，為英國M．C公司提供企業安全方案；二〇〇四年，為德國GM公司提供全球化企業系統的安全解決方案……」

劉嘯笑了笑，根本都沒聽說過這個公司，何來的全球化，不過他還是繼續念道：

「二〇〇四年，為象牙海岸、辛巴威等七個非洲國家提供安全解決方案……」

劉嘯往後又翻了翻，這牛皮扯得是越來越遠了，這些非洲國家誰也沒去過，聽說還紛爭不斷，有沒有網際網路都還有待求證呢，華維就已經提前把「生意」給做了，真是厲害啊！

華維的人看劉嘯沒說話，道：「怎麼樣？劉總還有什麼疑問嗎？」

劉嘯放下那文件，「有沒有國內的案例呢？」

那人道：「我們華維一直關注的是國際市場，所以國內方面……」

「也就是說，華維在國內並沒有成功的案例？」劉嘯看著那人，「或者說，你們根本就沒有國內市場方面的經驗？」

這下華維傻了，劉嘯這個問題一下子問到了重點上。

大飛此時也心領神會地插了一句，「原來你們根本就不熟悉國內的網路環境，更不熟悉國內的安全環境！」

華維的人無言以對，這剛開始，連方案都還沒說呢，就被對方揭了老底。

「我沒有什麼問題了！」劉嘯一伸手，「您請繼續，我非常期待貴方的安全方案！」

讓劉嘯這麼一鬧，華維的人不知道是心虛，還是覺得沒有臉面再說了，拿起那份安全方案，說得是吞吞吐吐、戰戰兢兢，生怕再被劉嘯他們抓住什麼把柄，結果把一份還算是不錯的方案介紹得稀裏糊塗，很多地方都是辭不達意。

陳總和李主任聽得雲山霧罩，最後也沒能弄明白華維這份方案的重點在哪裡。

劉嘯和大飛都是行家，隻言片語便聽出了對方這份方案的優劣，看來華維的這些人是花了不少心思的，雖然比起軟盟，他們還是稍微差了一點點，但畢竟華維的團隊是剛剛組建的，現在能拿出這麼一份方案，尤其是時間還比軟盟要短，也足以說明華維的實力了。

陳總皺了皺眉，把華維的方案收了，然後看著劉嘯，「劉總，你們的方案呢？」

大飛此時站起來，拿起方案，「我來給大家介紹一下吧！」

軟盟的方案本來就強過華維，再加上華維在先，大飛便臨時對方案有進行了一些細節性的調整，說得華維那邊是啞口無言，陳總和李主任更是連連點頭。

陳總聽大飛說完，笑呵呵地接過軟盟的方案，連道了幾聲「好」，然後環視了一下雙方，「方案雙方都說了，其實你們才是行家，誰優誰劣，你們的心裡最清楚！」

看看雙方都沒有說話，陳總便站了起來，「我宣布，此次移動海城分公司的安全改造專案，得標的是軟盟科技！」說著朝劉嘯伸出手，「恭喜你，劉總！」

劉嘯站起來，笑道：「謝謝陳總對我們軟盟的信任，我們軟盟定當會竭盡全力，把這次的安全改造做好！」

華維的人顯得很失望，像是受到了極大的打擊，站起來道：「恭喜劉總，恭喜軟盟！」說完看著陳總，「咱們的方案不如對方，心服口服，希望貴方的安全改造早日完成!告辭!」

「李主任，你送送華維的客人！」陳總忙囑咐。

等華維的人離開，陳總才看著劉嘯，道：「雖然這次的安全改造由你們軟盟來負責，但有一些細節的問題，我還是需要和你們事先說清楚！」

劉嘯笑著：「陳總請講！」

「改造方案中，凡是涉及華維產品方面的改動和設置，還是要由華維的人來做！」陳總看著劉嘯，沉色道。

劉嘯顯得很驚訝，「為什麼？這些華維的產品，我們軟盟也非常熟悉，完全可以自己獨立完成設置的改動！」

「唉，我們也有自己的苦衷，這點還希望劉總能夠體諒！」陳總面有難色。

大飛更是不解，「這份方案，華維產品的改動只有一處，就是有一千台的路由器需要重新設置高強度密碼，這很容易辦到啊，沒必要非要由華維的人來做！」

「是啊！這安全改造是個一體化的工程，如果交給多方面協作，很容易出問題，而且出了問題很難協調！」劉嘯很難理解陳總的這個做法，心裏仔細一想，覺得可能是陳總對軟盟的出價不滿意，所以想找藉口壓低價錢，於是道：「這一千台路由器的密碼重設，我們軟盟可以免費為貴方做，相關費用我們會從報價中扣除！陳總你看這樣……」

「這不是錢的問題！」陳總舉手打斷了劉嘯的話，苦笑著：「或許說出來劉總都不肯相信，讓華維來重設這一千台路由器密碼的價錢，比你們這次所有安全改造項目的價錢還要高！我何嘗不願意省這筆錢啊，實在是身不由己！」

大飛比較急，「不會吧，就改個密碼，能用多少錢，萬把塊就搞定了！」

陳總笑著搖頭，伸出兩根手指，「華維的報價，是這個數！」

劉嘯的第一反應是兩百萬，心想這已經是天價了吧，但再一想，軟盟這次改造方案的總報價是七百萬，陳總說比這還要高，那豈不是……，劉嘯此時差點沒把下巴嚇掉，睜大眼睛說，「不會吧？兩千萬？」

陳總苦笑著點了點頭，默認了劉嘯的猜測。

大飛當時就拍桌子跳了起來，「靠！兩千萬，這不是明搶嘛！這一千台路由器的成本都不值這個數！」

陳總也很無奈，「你以為我願意啊，來一次就刮一次錢，但是沒有辦法啊！」

「這話是什麼意思？」劉嘯覺得不可思議，自己免費做，海城移動都不要，非要花兩千萬讓華維來做，這不是明擺著犯賤嘛！

「當時我們移動創建之初，華維就找上門來，說我們所有的設備都由他們免費提供，免費的設備，白要誰不要啊！」陳總搖著頭，「結果等我們的網路完全組建完成，等於是被華維給綁架了，他們隨便來維護一趟、升級一次，報價高得相當於是我們重新買一次設備。我們是打心裏不痛快，但也沒有辦法，我們網路採用的都是華維的設備，不可能局部採用其他品牌的設備，更不可能全部更換。」陳總嘆了口氣，「好在華維的設備也算是世界先進，至少品質和性能都沒有問題，我們也只好這麼維持現狀，湊合著用了！」

劉嘯和大飛的下巴瞬間跌到了地上，誰能想到，號稱世界最大的移動通信營運商，竟然會被華維給綁架了，讓人左一波右一波地刮著地皮。

「事情就是這樣，」陳總鬱悶地站了起來，「如果沒有別的異議，咱們這事就算是定了下來，一會李主任回來，由他負責和你們簽約，我先去通知財務部，讓他們現在就把錢給你們匯過去！」

「還是先付訂金，等項目做完，驗收合格後，我們再結算吧！」劉嘯也站了起來。

誰知陳總擺了擺手，「我相信你們，現在整個海城企業界，誰不曉得你們軟盟的安全做得好！好了，就這樣吧！」陳總說完，就走了出去。

劉嘯和大飛對視了一眼，誰也沒說話，兩人心裏都有一種很奇怪的感覺，明明項目自己拿到手了，是軟盟贏了，可他們卻覺得輸給了華維，因為結果沒有變，還是人家吃肉，軟盟喝湯。

李主任回來後，雙方把合同一簽，協調了一下項目時間上的安排，劉嘯便和大飛離開了海城移動，回去號召人馬，準備海城移動項目的實施。

這次方案的公開競選，讓劉嘯心裏的壓力又大了很多，華維財大氣粗，招牌響亮，網羅了很多的人才，在營運商這個層次上，又處於一種無冕之王的地位，此次進軍安全領域，必定會成為軟盟最強勁的對手，甚至是遠遠強於軟盟。今天軟盟僥倖贏了華維，但多多少少也跟移動對華維的不滿情緒有關，如果軟盟不儘快拿出一個應對之策，相信很快就會陷入華維的多面圍攻之中，軟盟積攢多年的市場，怕是也會喪失殆盡。

內憂外患啊！軟盟剛遭重創，內部人心不穩，劉嘯使出渾身解數，才稍微有了一絲好轉的跡象，現在外部又添強敵，軟盟的前途一時就有些撲朔迷離。劉嘯現在心裏有一種說不出來的感覺，自己當初可是對張春生做了保證

的，說收購軟盟只賺不賠，大有前途，而現在軟盟卻突然冒出一個比自己強大了百倍還有餘的對手。

劉嘯心裏沒底，面對如此強大的對手，自保尚且困難，說擊敗對手那更是天方夜譚一般，可要是不擊敗華維，劉嘯對張春生的承諾又怎麼能兌現呢，怎麼著也得維持個旗鼓相當的局面吧，不然真是對不住張春生的信任。

渾渾噩噩地回到了軟盟，劉嘯坐在辦公室裏，腦子裏一直想的是怎樣才能應付華維的強勢進入，要麼就是硬碰硬，要麼就是避其鋒芒，另闢蹊徑，可蹊徑在哪裡呢，既不能放棄軟盟目前的優勢，又要避開和華維的正面交鋒，談何容易啊！

下午的時候，劉嘯正想得頭疼呢，熊老闆的電話打了過來。

「熊哥，有事？」劉嘯捏著發痛的太陽穴，問道。

「老張剛才打電話過來，說是華維找到了他，意思是要從老張的手裏收購軟盟那七成的控股權！」熊老闆說著。

「啊！」劉嘯很意外，這華維的動作也太快了吧，上午才輸給軟盟一場，便直接下了收購軟盟的決定，果然是有錢，不過這也說明了他們進軍安全領域，尤其是企業級網路市場的決心，華維這是要一統國內的安全市場，就像他們統治國內電信通信器材市場一樣，這簡直把劉嘯給逼到了絕境上，連退路都不給留。

「啊什麼啊？」熊老闆很不爽，「你給我說說，華維這是個什麼意思。」

「這事電話裏也說不清楚！」劉嘯皺了皺眉，「我過去和你當面說吧。」

「那行！那你現在就過來吧，好像是華維開出的條件很不錯，我看老張有點動心的意思，他現在還等著我這邊的回話呢！」熊老闆吩咐著。

劉嘯的眉頭皺得更緊了，真是服了這張春生，看見錢他就邁不動腿，大錢小錢是統統都不放過，「好，我馬上就過去！」

劉嘯這還是第一次來到辰瀚投資集團和熊老闆見面，不過他此刻完全沒有心情來欣賞辰瀚金碧輝煌的大廈，直接奔向熊老闆的總裁辦公室去了。

「坐！」熊老闆看劉嘯進來，招呼道。

劉嘯問：「張春生目前是個什麼意思？」

「他還沒做決定呢！」熊老闆示意劉嘯先坐下，「不過我們合資收購軟盟，才花了兩億，而華維現在直接就拿四億要從張春生手裏收購那七成的股份。一個星期的時間就白賺兩億，我看老張是有點心動！」

劉嘯皺眉，自己當時千算萬算，就漏算了這一點，張春生畢竟是個商人，無利不起早，自己當時就該和他約定，不得將軟盟再出售給同性質的企業。

想到這裏，劉嘯哪裡坐得住，在屋子裏來回打了幾個轉，道：「我當時怎麼會昏了頭，想到去找他！」

「你先別著急！」熊老闆起身按住劉嘯，「他不是還沒做決定的嘛，你先給我說說華維的事，他們不是做通信設備的嗎，怎麼會想起要收購軟盟？」

劉嘯呼了口氣，坐了下去，道：「華維進軍安全領域，也是最近的事情，今天早上，我們還剛和他們碰了一次面，海城移動公司的項目，華維的方案輸給了我們。我沒想到他們的反應會如此迅速，這才幾個小時，華維便做出了這麼大的收購決定。」

「是這麼回事啊！」熊老闆點了點頭，「也就是說，如果我們拒絕了華維的收購意向，那華維今後將會是軟盟的競爭對手？」

「沒錯！」劉嘯點了點頭，「我現在也正在研究對策，看看要怎麼應付華維的競爭壓力，他們以前雖然是做通信設備的，但根據我今天的觀察，他們在安全領域，也同樣有著非常不錯的技術儲備，他會成為軟盟在國內市場上的最大競爭對手！」

「那你的意思呢？」熊老闆看著劉嘯，「你有什麼打算？」

「我當然不能讓軟盟被華維吞併！」劉嘯拳頭都捏到了一起，「當時龍出雲把收購軟盟的事交給我去做，就是希望能保住軟盟的這點氣血，現在才幾天的工夫，我要是把軟盟給弄丟了，那我還有什麼臉去面對他！」

「商場上合併縱橫的事司空見慣，這很正常，為什麼你會這麼想呢？」熊老闆有些不解，「何況華維財力雄厚，馳名海內外，如果軟盟和他合併，那也算是強強聯合，為什麼……」

「理是這個理，但事情卻往往沒有那麼簡單！」劉嘯很鬱悶，不知道這事該怎麼解釋！

「不急，慢慢說！」熊老闆笑著，「其實我也很奇怪，你小子以前鬆鬆散散的，這次沒人催你，你倒霸著軟盟的總監位置不放，一點推辭的意思都

沒有。」

劉嘯搖了搖頭，「這事怎麼說呢，熊哥，你肯定記得我之前被人栽贓的事吧！」

熊老闆點頭，有點詫異，「還和這事有關係嗎？」

「其實栽贓我的人，就是軟盟的上一任營運總監，我當初進入軟盟，純粹就是為了揪出這個人！」

熊老闆倒是很意外，「你接著說。」

「後來的事，你肯定也稍有耳聞，這幫人給我下圈套，結果被我識破，最後被一網打盡，軟盟董事長龍出雲非常傷心，這才做出了出售軟盟的決定。」

熊老闆繼續點頭，「那你這也算是大仇得報了啊。」

劉嘯嘆了口氣，「我原本是打算揪出那個栽贓我的人後便抽身而退的，但我沒想到事情會那麼嚴重，整個軟盟的高層都被牽扯了進去，軟盟的運作一時就陷入了癱瘓之中。」

熊老闆不解，納悶地看著劉嘯，這也不是你留下來支撐軟盟運作的原因啊，你應該恨軟盟才對嘛。

「如果熊哥有印象的話，一定還記得上次我在天文館讓你們看的那顆小行星吧！」劉嘯頓了頓，「一個偉大駭客的精神魅力，可以影響很多人，可以讓很多人都去追隨著他的腳步前進，小熊就是一個例子！而我同樣也有這樣一個前進的座標，這個座標就是軟盟！」

「啊！」熊老闆驚訝地叫了起來。

劉嘯苦笑，「軟盟這次栽進去的駭客，其實有很多都曾是我的偶像，在離開學校之前，我一直視軟盟為自己的精神殿堂，可等我接近了自己的目標之後，才發現根本不是自己想像中的那樣，心裏的精神信仰突然之間崩塌，我不知道熊哥你能不能理解我當時的心情？」

熊老闆點了點頭，他也曾年輕過，也曾追逐過自己的偶像，作為過來人，熊老闆深有感觸，其實很多人年輕的時候，都不是在做自己，而是在走別人的路，只有等他們接近偶像或者是偶像夢破滅之後，才是真正地做自己。

劉嘯咬緊牙道：「所以，我答應了龍出雲的請求，接掌軟盟，重建中國駭客的精神。這些日子來，我積極運作軟盟的收購計畫，我想盡一切辦法，把一盤散沙一樣的軟盟重新捏合在了一塊，雖然面臨著內憂外患的困境，但我從來都沒想到過放棄。」

熊老闆長長地呼了口氣，劉嘯的這段話竟讓他有一絲感動，怪不得劉嘯最近變了很多。

熊老闆唏噓片刻，「我想我明白你的想法了！」

劉嘯往椅背上一躺，有些落寞地道：「可惜我財力有限，心比天高，卻也得處處受制於人了！」

熊老闆拍了拍劉嘯的肩膀，「年輕人中能像你這樣有堅定想法的，確實不多，放心吧，我會支持你的！」

熊老闆頓了頓，又想起了自己之前的問題，「不過我還是很納悶，你為什麼那麼反對和華維的合併，我和老張在安全領域都沒有什麼基礎，如果把軟盟放在華維的平臺上，不是會更有利於它的發展嗎？」

「不一樣！」劉嘯搖頭，「因為華維的品牌裏，沒有中國駭客的精神！」

劉嘯便把當初龍出雲是因何創辦軟盟，軟盟又是如何發展壯大的事簡單說了說，末了道：「單就軟盟這種開放的用人態度，華維就不可能做到！再說了，華維收購軟盟，並不是為了軟盟這塊品牌，而是要統一市場，他們已經習慣了凌駕於市場之上。」

看熊老闆有點不明白，劉嘯便把早上海城移動陳總的那些無奈說了一遍。

「原來華維要的是這個！」熊老闆站了起來，沉吟著踱了兩圈，道：「你放心吧，雖說我辰瀚集團比不上華維那麼財大勢大，但也不至於怕它，如果華維是出於要壟斷市場而去收購軟盟，那我辰瀚就第一個不答應！你心裏怎麼想的，就怎麼幹，老張那邊，我會處理好的！」

熊老闆使勁捏著劉嘯的肩，「以前我還對你有些誤會，認為你之所以牽線讓張氏去收購軟盟，是為了拍你老丈人的馬屁，而積極打理軟盟，是為了在他面前爭取一些印象分，看來是我小看了你呀。為了彌補我的這個錯誤，我保證，從此刻起，軟盟就是你的，只要你不點頭，任何人都別想打他的主意！」

劉嘯站了起來，看著熊老闆，一字一句道：「就算你們出於商業上的考慮，做出了其他選擇，我也不會怨恨你們。但如果你們肯放心把軟盟交給我，我就絕不會讓你們失望！」

「別這麼嚴肅嘛！」熊老闆笑呵呵地拍了拍劉嘯的肩膀，「放鬆點，

坐！你小子認真起來，倒真是有點讓人害怕！」

劉嘯沒坐，而是道：「我還有一件事要說！」

「坐下說，坐下說！」熊老闆把劉嘯按了下去。

「既然遲早要和華維碰上，倒不如我們主動些，我希望三天後集團能召開新聞發佈會，一來正式宣布收購軟盟以及注入大量資金的事，以穩定軍心，二來我要公佈軟盟今後的發展方向，軟盟現在需要一個明確的發展思路。」劉嘯頓了頓，「這個發展方向將關乎軟盟今後能不能戰勝華維的競爭！」

熊老闆只沉思片刻，便道：「既然軟盟由你做主，你決定了，我們配合便是！我現在就去聯繫老張，你回去準備發佈會的事就可以了！」

熊老闆倒也真放心，問都不問劉嘯那發展方向到底是什麼。

出了辰瀚，劉嘯心情大好，滿腔的雄心壯志，抑制不住地仰天長嘯，把所有人視線都吸引了過來，劉嘯在廣場上捏著拳頭，很興奮，絲毫沒有注意到周圍的人，「YES！等著吧，我會把軟盟打造成世界第一的駭客品牌！」

幾個小時後，劉嘯接到了一個陌生的電話，接起來，「你好，請問哪位？」

「請問是軟盟的劉嘯先生吧？」那人笑了笑，「劉先生你好，我是景程！」

劉嘯當即把自己認識的人想了一遍，沒有叫景程的，心想這個人是誰，怎麼會知道自己的電話？

「我是華維的安全技術總監！非常冒昧地給你打這個電話，還請海涵！」那人電話裏笑著。

「你是北丐獨孤寒？」劉嘯當即反應了過來。

「呵呵，沒想到你竟然知道我的這個外號！」景程笑著。

「北丐前輩的大名，圈裏誰人不知，哪個不曉，我仰慕很久了！」劉嘯頓了頓，「不知道北丐前輩這次有什麼指教？」

「沒有什麼前輩不前輩的，安全領域靠得是真本事，而不是什麼虛名。」景程呵呵了半天，道：「我今天才從軟盟以前的幾個老員工口中得知了你的事情，你能夠獨力扳倒那麼大一個地下駭客集團，又在軟盟危難之際挑起了這副擔子，讓我心裏非常佩服，想和你聊一聊！」

劉嘯笑著，「那我就叫你景總監吧，景總監想聊些什麼呢？」

「我想和你聊一聊你的前途！」景程笑著。

「我的前途？」劉嘯稍微一愣神，便反應了過來，肯定是華維收購軟盟失敗，便退而求其次，想策反自己，讓自己跳槽到華維去。

這也是一個釜底抽薪的計策，軟盟剛剛有點恢復元氣，他再次讓你陷入群龍無首的境地，同樣是不戰而屈人之兵。

劉嘯笑了笑，「如果你是想說服我跳槽，那咱們就沒有什麼可聊的了！」劉嘯直接把對方的話給堵死了。

「劉總監還真是厲害，一猜就中，只是我很不理解，你這樣的人才，就應該到一個更適合你的平臺裏去，而華維就可以為你提供這麼一個平臺，我可以向你保證，只要你肯過來，你的年薪只在我一人之下！」景程仍不死心。

劉嘯打斷了他的話，「謝謝景總監的好意，只是我這個人是那種不撞南牆不回頭的人。」劉嘯一頓，趕緊轉移話題，「對了，我這裏正好有件事想要告知景總監，三天後，我們軟盟要舉行一個新聞會，是關於軟盟今後發展方向的，我想你會感興趣的，希望景總監能夠賞光親臨。」

景程嘆了口氣，「唉，看來我是無法說服你了！好吧，我一定親自到場！」

「我代表軟盟謝謝你的支持！」劉嘯言不由衷。

「我很遺憾，我能感覺出來，劉總監是個非常有抱負的人，可惜的是，我們不能成為合作的夥伴！」景程突然笑了起來，「也罷，一路上有個人和自己賽跑，倒也不是那麼寂寞，我非常高興能有你這麼一位對手！」

劉嘯笑著，「我也非常榮幸！」

第九章　爆炸性新聞

那人把墨鏡往領口一掛，笑呵呵地道：「對不起，忘了做個自我介紹了，鄙人景程，華維的安全技術總監！」

媒體頓時譁然，這可是個爆炸性的新聞啊，便都湧了過來，砸場子的好戲，誰不願意看啊！

第二天，劉嘯又接到熊老闆的通知，說是張氏和辰瀚合資組建封明高科集團的消息，目前還不宜對外公佈，因此此次發佈會，對外只稱是辰瀚收購了軟盟。另外，新聞發佈會就交給辰瀚來承辦，劉嘯只需準備好自己的發言就行了。

新聞發佈會當天，軟盟集體休假半天，凡是有空的都去了辰瀚，辰瀚集團特意準備了一個聯誼會，熊老闆要親自給軟盟的員工加油鼓勁，以定軍心。

劉嘯步入辰瀚集團時嚇了一跳，沒想到熊老闆把陣勢整這麼大，密密麻麻的記者再加上請來的海城企業界代表，辰瀚可以容納近千人的發佈會場，此刻竟顯得不夠用，這也足見熊老闆在海城的影響力。

「劉總，劉總！」

劉嘯順著著聲音的方向看去，正是前兩天證券公司的楊總和朱總，兩人身後還跟著五六個人，看衣著打扮，都應該是今天請來的嘉賓。

「楊總好，朱總好！」劉嘯笑著，「兩位能夠賞光，讓我真不知道該怎麼感激了！」

「劉總客氣，這都是應該的，就算熊老闆不通知，那我們也要來捧場的！」楊總說著。

「來，我給劉總介紹一下，這位是豐華物流的孫總，這位是鼎盛科貿的胡總，還有這位，厚德集團的王董事長……」朱總一口氣，把身後的幾個人都給劉嘯介紹了一遍，然後道：「這幾位都是我們的老朋友了，他們聽說了軟盟的安全做得好，都很有興趣。」

劉嘯趕緊和眾人一一握手，分發了名片，「多謝各位老總對於我們軟盟的信任和支持！」

幾個老總笑著，「以後我們幾家公司的網路安全，還得劉總多多費心，回頭我們就讓公司的相關負責人和軟盟聯繫，我們的要求也不高，和楊總朱總他們一個待遇就行了，哈哈！」

劉嘯再次感謝，這幾單生意看來是沒跑了，看前面熊老闆已經出來了，劉嘯便笑著告辭：「發佈會就要開始了，我那邊要忙了，對不住，我先失陪一會兒！」

「去吧去吧！」楊總揮手示意劉嘯趕緊走，轉身對那幾位老總道：「咱們也趕緊入座吧，要開始了！」

劉嘯走上前，和熊老闆一碰頭。

「都準備好了吧？」熊老闆問道。

「好了！」劉嘯道。

熊老闆便示意一旁的司儀可以開始了，司儀當即宣布發佈會開始，第一項，就是由熊老闆致辭。

熊老闆咳了兩聲，「在座的朋友們都知道，我們海城市不久前，才剛剛發生了一件大事，那就是海城事件，偌大的一座城市，在網路危機面前，竟會如此地脆弱和不堪一擊，完全陷入了無序狀態。雖然那只是政府的一次演習，但駭客入侵的威力和危害，以及網路安全的重要性，想必我們每個人都親身體驗到了。大的不說，就說我們今天在座的各位企業公司的老總們，很多人也曾遭遇過和網路安全有關的事情，諸如『病毒風波』、『駭客竊密』、『網站被黑』、『辦公系統癱瘓』、『網路敲詐』之類，相信各位對此也是痛心疾首、恨之入骨。」

「我們不能等受過傷之後，才明白什麼是痛，網路安全，重在防範，駭客襲擊的對象，往往就是那些毫無準備的人。軟盟科技是國內一家很權威的專業安全機構，從事網路安全已經多年，有著雄厚的實力和豐富的經驗，並一直為普及安全知識、提高安全意識、培養安全人才、創新安全技術做著不懈的努力。此次辰瀚集團收購軟盟，就是要加大在網路安全領域的投資，全力支持軟盟科技的安全事業，努力把軟盟打造成國內先進、世界一流的安全品牌，為網路安全的發展做出一份自己的貢獻！」

熊老闆不虧是久歷商海，說話藝術十分高明，一上來就先從海城事件入手，一下就勾起了所有人的共鳴。

熊老闆站起身來，道：「現在，我正式宣布，軟盟科技正式併入辰瀚集團，成為辰瀚投資集團控股的第十六家獨立營運的子公司。」

媒體此時便嘁哩喀喳按動快門，拍下了這一重要時刻，與會嘉賓也紛紛鼓掌致意。

熊老闆欠身答謝，然後指著站在自己身旁的劉嘯，「現在，我要為大家介紹一下軟盟科技的新一任營運總監，劉嘯！」

媒體又把鏡頭對準劉嘯一陣狂拍，劉嘯彎身致意。

「劉嘯是一位技術非常高明的安全人才，有著非常遠大的理想和抱負，在應對網路威脅方面，更是有著非常豐富的經驗，我本人對他非常欽佩，我相信軟盟科技在他的運作之下，必定會越來越強大。」熊老闆說完，司儀就送來一份紅皮聘書，「現在，我代表辰瀚集團董事局，正式向劉嘯先生頒發

聘書！」

嘉賓們再次鼓掌表示祝賀。

司儀此時道：「現在，由軟盟科技的營運總監劉嘯先生致辭，他將為各位說明軟盟科技的發展前景以及規劃！」

劉嘯起身，「再次感謝諸位媒體以及嘉賓的到場。關於網路安全方面，熊董事長剛才已經說了很多，我就不再多說，我主要為大家介紹一下軟盟科技的業務範圍以及今後的發展方向。軟盟科技創辦至今，已經有將近五年，憑著自身的努力，已經成為國內安全領域的權威機構，業務涉及了網路安全領域的所有方面，包括技術手段的研究、安全產品的開發、安全培訓、安全方案的提供、滲透檢測、資料安全與恢復、病毒預防等等十數個業務。」

「此次辰瀚的鉅資注入，使得軟盟終於具備了和國際一流安全機構一較高下的實力，新的軟盟，將積極參與到國際安全技術的研究和安全標準的制定之中，提升中國對於世界安全的影響力。為了給客戶提供更專業的安全服務，軟盟結合自身優勢，對現有的業務進行重新整合優化，整合後的軟盟將更加專注於企業級網路市場的開發，終止一些其他層次的安全業務。」

劉嘯這話，無異於是向華維正式宣戰，華維之前剛剛宣布進軍企業級網路市場，而劉嘯此時便將軟盟的業務集中收縮到企業級網路市場，擺明了就是要和華維對著幹了。

司儀此時笑著面對媒體，「現在各位可以自由提問！」

台下早有記者按捺不住，向著熊老闆發問：「據我所知，辰瀚此次為軟盟聘請的總監是辰瀚集團旗下所有企業中最年輕的一位，辰瀚這麼做，是否有些冒險呢！」

熊老闆笑道：「我剛才已經說過了，我相信劉嘯。」

於是有記者立刻反問，「請問您信任他的理由是什麼？」

話音一落，後面嘉賓席上突然有聲音傳來，「我來替辰瀚回答這個問題吧！」

眾人看過來，只見前排正站起來一個三十多歲的人，別的嘉賓都穿著西裝，此人卻一身休閒服，上身那件花花綠綠的T恤更是扎眼得很。

此時他摘掉墨鏡，道：「在網路安全領域，年齡並不代表什麼，搞安全關鍵還是要看實力。大家眼前的這位劉嘯先生，完全有資格來擔任軟盟的總監！」

熊老闆有些詫異，嘉賓都是他請的，可自己竟然不認識這人，因此把詢

問的目光投向了劉嘯。

劉嘯壓低了聲音，「聲音有點熟，如果我沒猜錯的話，他應該是華維的安全技術總監，景程！」

那人把墨鏡往領口一掛，笑呵呵地道：「對不起，忘了做個自我介紹了，鄙人景程，華維的安全技術總監！」

媒體頓時譁然，這可是個爆炸性的新聞啊，便都湧了過來，砸場子的好戲，誰不願意看啊！

誰知景程繼續說道：「我還是來繼續回答剛才那位記者的問題吧！劉嘯先生雖然年輕，但他的技術卻是一流的，如果你們平時稍微關注網路安全的話，你們就一定聽說過一個叫做『留校察看』的人，他僅僅是在論壇裏發了一個帖子，便叫國內那些橫行一時的網路敲詐集團紛紛自行解散、銷聲匿跡；之後國內遭遇有史以來最嚴重的病毒危機，各個殺毒軟體商均束手無策，關鍵時刻，留校察看力挽狂瀾，不僅消滅了病毒，更將幕後的病毒製造集團一舉粉碎。這位『留校察看』，便是諸位今天所看到的劉嘯先生。」

「嘩……」發佈會現場議論大起，眾人中還是有人聽說過這些事情的，只是沒有想到網路上呼風喚雨的神秘高手，竟會是眼前的這位年輕人。

景程嘆了口氣，「雖然華維是軟盟的競爭對手，但我本人對於劉嘯先生的實力卻是佩服之至，有這麼一位對手，我很榮幸！」

畢竟聽說過「留校察看」的只是少數，大多數的媒體則很失望，因為他們沒有看到預料中的砸場子事件。

讓景程這麼一鬧，媒體們事先準備好的問題都用不上了，一時有些冷場。此時景程突然邁步上前，看著臺上的劉嘯，「我能問幾個問題嗎？」

劉嘯笑著伸手，「請問！」

「大家都是做技術的，我不喜歡聽那些場面的客套話！」景程笑呵呵地看著劉嘯，「剛才你說軟盟要積極參與國際安全技術的研究和安全標準的制定，其實這種話誰都會說，無非就是個噱頭，我想知道，軟盟這次是喊喊口號呢，還是有什麼具體的打算？」

劉嘯站了起來，看著景程：「本來這是軟盟的內部機密，我完全可以不告訴你，但既然景程先生問起了，那我就多說兩句吧。正如你所說，做技術的人不說虛話，而軟盟是個做技術的企業，所以軟盟同樣不會來虛的，除了業務上的整合優化，軟盟剛剛啟動一項新的研發計畫，軟盟將會推出世界上首款真正的策略級安全產品！」

「策略級的？」景程有些意外，笑道：「這好像並不新鮮吧？據我所知，現在的安全產品，絕大多數都是策略級的！」

發佈會現場的嘉賓們都瘋了，這哪裡是什麼新聞發佈會啊，這似乎成了兩個安全高手之間的技術研討會了！

劉嘯定定地看著景程，「你沒聽錯，是策略級，但你沒有聽完全，我說的是『真正的策略級安全產品』！」

「呵呵，這兩者有什麼區別嗎？」景程聳了聳肩，他覺得劉嘯這是在咬字眼！

媒體雖然也不懂這些專業名詞，但卻抑制不住興奮了起來，傳說中的掐架終於出現了！

「那我就簡單地說一下吧，眾所周知，電腦、網路都是從國外傳進來的，我們所使用的資料、技術、標準，也都是從國外傳進來的。」劉嘯掃了一下臺下所有的人，「東西方的文化背景存在很大差異，語言系統上更是完全不同，正因為如此，這些東西在傳進來的時候，就不可避免地會出現一些偏差和誤區。我們平時下館子吃飯，會經常聽人這麼說道：『這家飯館的味不正，不是正宗的北京烤鴨！』一樣的道理，在電腦和網路方面，我們是不正宗的！味不正，就算你再怎麼模仿，也做不出正宗的北京烤鴨！」

媒體的記者急了，這好像不是問題的答案吧，有點離題了，七嘴八舌地糾正著，這好不容易有點意思了，怎麼都不能讓劉嘯敷衍過去。

「大家不要急，我還沒有說完！」劉嘯示意媒體安靜，然後繼續說道：「在安全領域，我們經常會說到策略這個詞，這是從西方的資料中翻譯過來的，但我覺得這個詞不準確，至少目前是不準確的，它應該叫做規則才對。規則是死的，告訴你什麼可以做什麼不可以做，而策略是活的，這是兩個完全不同的概念，目前所有的安全產品，頂多是做到了一些死規則的組合，但還遠遠達不到策略的級別。」

「那什麼才是策略呢？」有記者直接就問了，大概是出於職業習慣！

「駭客是活生生的人，他們在攻擊入侵的時候，會根據對象和形勢的不同以制定不同的攻擊計畫，因勢而變，這就是策略！」劉嘯頓了頓，「如果安全產品也是策略級的，那它就應該會針對不同的駭客行為做出不同的應對措施！駭客可以瞞天過海、暗渡陳倉、聲東擊西，規則級安全產品只會選擇拒絕或者不拒絕，而策略級的安全產品則會圍魏救趙、十面埋伏、甚至會空城計！」

「噢……」媒體齊齊出聲，劉嘯簡簡單單幾句話，把策略和規則的區別解釋得非常透澈。

劉嘯繼續說道：「駭客手段不斷豐富多樣化，我們以一成不變的規則來應對千變萬化的策略，這就是安全永遠跟不上駭客腳步的原因。在軟盟看來，靈活多變、因勢而異的策略級安全產品，才是未來安全產品的發展趨勢！換句話說，別人在做正宗的規則，而我們卻在做非正宗的策略，這個錯誤已經持續了很久，導致我們的安全技術領域一直無法引領世界潮流。而軟盟現在要做的，就是把這個錯誤糾正過來，軟盟要做的，不是正宗的北京烤鴨，而是正宗的海城烤鴨！」

「嘩！」媒體們集體鼓掌，雖然他們不懂技術，但劉嘯的這個比喻也讓他們明白了是怎麼回事，軟盟做的，不是模仿，而是創新！

「精彩！精彩！」景程也不得不對劉嘯的話刮目相看，原來自己做了十多年的安全，竟在剛一開始接觸時，就走入了誤區。

眾人安靜下來，景程看著劉嘯，「非常感謝你的這段話，雖然只是個宏論，也令我受益匪淺！這應該算得上是軟盟的商業機密了，你為什麼要告訴我？」

「『自由、開放、共用、平等』是軟盟的一貫政策！」劉嘯笑說，「我說過了，軟盟今後的主要責任，就是參與新技術和新規則的研究，而提供新技術的方向與思路，也是其中之一。今後軟盟會定期舉行高峰會，向國內的安全機構通報這些新技術。如果華維感興趣的話，也可以和我們聯繫！」

景程變了變色，他感覺到了劉嘯那種咄咄逼人的無形鋒芒，這些話無異於是告訴所有人，軟盟今後要做的，是國內安全技術的引領者，而這些也正是華維要做的，看來今後兩家是無可避免的要碰在一塊。

景程笑了笑，道：「多謝，不過華維目前還不需要！」說完，他戴上墨鏡，轉身離開了發佈會現場，有眼鏡遮著，大家也不知道他真實的表情！

眾人對景程的舉動還沒反應過來，熊老闆就站了起來，「我宣布，辰瀚將即時追加兩億的資金，全力支持軟盟這個策略級安全產品的研發！」

媒體們這才回頭，對著熊老闆一陣猛拍。走到門口的景程自然也聽到了這句話，不由嘆了口氣，看來不光是軟盟信心十足，辰瀚集團對軟盟更是信心十足，如果再加上軟盟現有的市場優勢，華維來要獨霸國內安全市場，非常難！

發佈會開得很圓滿，雖然有對手前來招架，但是贏的卻是軟盟，媒體們收集到了足夠的猛料，自然也就不再繼續盤問劉嘯，發佈會結束！

辰瀚準備的迎新聯誼酒會現場，軟盟的員工早已坐滿了，都在議論著剛才發佈會上劉嘯的話，眾人臉上神色各異。

熊老闆和劉嘯送走各位賓客，就前後步入了酒會現場，軟盟的人都站起來打招呼。

「大家都坐！」熊老闆笑呵呵地走到裏面為首的那張桌子上，「以後大家都是一家人了，不要那麼客氣，隨便一點好！」說完，熊老闆舉起桌子上的酒杯，「今天我很高興，而且非常榮幸，軟盟是一塊了不起的品牌，不光是因為這塊牌子有著極大的商業價值，更因為這塊品牌裏凝聚了中國駭客乃至中國安全人的那種『自由、開放、平等、共用』的精神，軟盟是中國駭客的精神殿堂，更是中國駭客屹立於世界的根本。雖然它之前剛剛經歷了一點挫折，但我相信，有在座諸位的齊心協力，軟盟肯定會度過難關，再次騰飛，因為駭客的精神不能垮！」

軟盟的人被熊老闆這麼一捧，頓時熱血沸騰，拼命地鼓掌。

熊老闆環視一圈，將酒杯舉高，「在此，我熊某給大家做一個保證，辰瀚集團將全力支持軟盟的發展，咱們的錢就是用來給軟盟花的，需要多少就支持多少，至於其他的事情，那就拜託諸位了！熊某我這裏先乾為敬！」

眾人趕緊拿起自己的杯子喝了。

放下酒杯，眾人紛紛落座，酒宴就算正式開始了。

劉嘯給熊老闆逐一介紹了公司的幾位重要員工，剛坐下，一旁的大飛就湊了過來：「我說，你要砍那麼多業務，怎麼也不事先商量一下？現在公司很多人都心慌著呢，業務砍了，那這些人要怎麼辦？還有，你說的那個策略級安全產品，想法雖好，我也支持，可實際做起來，怕是沒有那麼容易實現吧，你心裏到底有幾分的把握？」

劉嘯笑了笑，站起來，「大家先靜一靜，我還有幾件事情宣布！」

眾人看過來，不知道劉嘯要說什麼。

「剛才發佈會上我已經說了，軟盟今後只保留和企業網市場相關的幾項業務，其餘業務都要終止！」劉嘯看著大家，「我事先沒有告知大家，相信此時一定有很多人都快坐不住了，我在這裏就正式宣布一下，軟盟雖然在業務上砍掉了很多，但不會裁人，甚至可以說，我們現有的人手都還遠遠不夠用呢！」

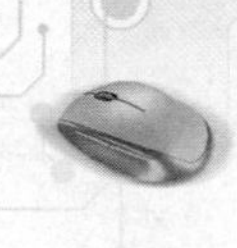

眾人便四下裏開始議論了，很多人露出喜悅之色，畢竟軟盟的薪水不低，有願意跳槽的，可還有很多人無力跳槽呢，這下總算是安心了。

「業務整合之後，公司會安排被砍業務的人員重新進行培訓，培訓結束後，就由你們來負責培訓我們客戶的員工，給他們傳授初步的安全技能和安全意識。當然，如果你們當中有人認為自己技術足夠硬，那也可以接受公司進一步的培訓，以後參與到公司的主力業務之中，甚至參與到公司的新產品研發之中來。」劉嘯看著大家，「一會兒酒會結束之後，大家就可以根據自己的實際情況，到人事部去登記一下！」

這時又有人問：「劉總，那工資變不變？」

「薪水不變！」劉嘯笑呵呵看著那人，「而且以後薪水只會漲，不會跌。公司新的薪水獎勵制度馬上也要出爐，我可以告訴大家，只要肯付出，肯努力，能為公司做出貢獻，那你們的薪水會比我這個總監還要高！」

這下所有人都炸開了，喊道：「等不及了，咱們現在就實行新制度吧！」

劉嘯笑了笑，沒理會這幫人的起鬨，坐了下去。

大飛又捅了捅劉嘯，「第二個問題呢，你那策略級的安全產品，是不是已經有思路了？」

劉嘯點頭，低聲道：「思路是有一些，不過要把它做成經得住檢驗的產品，那還得各方面的努力，你回去後，挑一些技術好的人，組建一個研發小組，咱們的項目得立即上馬了！」

「什麼個思路？」大飛來了興趣，「給我說說！」

「現在還說不清楚，有一些問題我還沒弄明白！」劉嘯搖了搖頭，「先吃飯，回頭我和你細說！」

劉嘯的這個策略級安全產品的想法，倒也不是空穴來風，他是受了OTE給張氏設計的那個決策系統的啟發。文清當日曾在張氏放出豪言，說「張氏的決策系統雖然是企業級的，但安全絕對是國家級的！」

劉嘯拿到源代碼，在自己電腦上組建好這套系統運行的環境後，第一件事，就是去測試這個系統的安全性，令他意外的是，這套系統竟然堅不可摧，劉嘯試了很多種辦法，都無法拿下系統所在伺服器的許可權。

劉嘯以為是自己電腦上的系統已經修補完善過，安全性過高，便又把張氏的企業系統架設到了新電腦上，新電腦的作業系統劉嘯是按照默認設置重新安裝的，就是一般的小菜鳥也能攻下來，可劉嘯費盡心思，最後甚至是把

踏雪無痕的那些攻擊手段都用上了，也沒能拿下這台伺服器的許可權。

想來想去，劉嘯分析這可能是張氏的這套系統裏的安全防護系統起了作用，不過僅憑企業系統裏的一個附加功能，就能讓一台漏洞百出的機器轉眼之間水潑不進、針扎不透，這OTE的技術確實也夠了得，而且連劉嘯平時認為是最十拿九穩的踏雪無痕的那些攻擊手段，也同樣失去了威力，難怪文清那麼自信，說這是國家級的安全。

劉嘯這幾天每晚從公司回來，只有一件事，那就是研究OTE的源代碼，他找到了系統中安全防護的這塊，一連分析了幾個晚上，終於弄明白了自己為什麼使盡手段，也無法攻入一台千瘡百孔的伺服器。

OTE的安全防護策略一共有五層，負責對所有發送到伺服器上的資料進行分析過濾。這五層之間沒有特定的順序，就跟一個迷宮似的，你根本說不準你進攻的那刻會碰到哪一層，而且五層策略之間的協調非常完美，基本上沒有任何一種攻擊方法，可以同時穿過這五層策略的攔截。用事先設定好的手段攻擊，就算你穿過一層，也躲不過第二層的攔截。別說是攻擊者不清楚這五層策略的詳細設置，就算是攻擊者清楚，然後還找到一種可以穿過五層攔截的手段，那你攻擊的時候，有可能順利地穿過了前四層，可等到第五層時，它又會返回了第一層重新進行判斷，你依舊無法通過。

說是五層策略，但實際攻擊時，這五層策略反反覆覆組合之下，就會產生三千多種組合結果，駭客面對的，豈止是五層攔截啊！設置如此精巧，而又複雜多變，世上根本不可能有人穿過去。

劉嘯很想知道OTE這些策略的組合是怎樣實現的，但遺憾的是，OTE對關鍵部位的源碼進行了加密，劉嘯暫時解不開，至於OTE說的那個他們獨有的反入侵追蹤系統，也沒有出現在交付的這些源代碼裏。

不過這也符合原則，因為這些加密過的代碼，並不會影響張氏對這套系統進行二次開發和繼續完善。但OTE的這種設置策略的手段，卻讓劉嘯茅塞頓開，這些策略單獨拿出來，都是一些很簡單的規則，甚至是漏洞百出，但一旦組合之後，卻變得那麼完美。可惜劉嘯無法知道OTE是怎樣實現這種組合的，而且這還只是文清口中的國家級安全，那就是說，這策略還有上升的空間，不可想像OTE的世界級安全策略會是什麼樣子。

既然OTE都能實現這種奇怪的組合，那自己就應該可以把這種方法再揣摩出來，但劉嘯不願意去簡單地複製和模仿OTE，他想超越OTE，所以根據OTE的這種設計原理，劉嘯便冒出來策略與規則的想法。

平時大家想的是如何通過一種規則就把所有的安全隱患都排除了，這顯然是不可能辦到的，規則越細，花費在分析判斷上的時間就越多，這顯然不符合伺服器應付超大流量的要求。只有這些簡單規則的複雜組合，才能做到既安全，又不必花費太多的時間。

按照這種思路，就算電腦本身只會呆板地去判斷「是」與「否」，要想實現策略，也未嘗不可能。因為有組合就會有選擇，有選擇，對於計算來說，就是一種超越，如果電腦能根據駭客的入侵手段而去選擇防守的組合，那就是策略了。

思路是有了，但要實現卻是另外一回事，首先，OTE的這些現有策略並不適合劉嘯的這套思路，也達不到劉嘯的要求，劉嘯需要自己重新設置一些可以組合的規則，來實現最後真正意義上的策略；再有，如何實現組合更是一個極大的挑戰，想用一些簡單的規則組合之後去應付所有可能的駭客入侵，這需要極大的智慧和技巧。

OTE剛好在這一關鍵部位進行了代碼加密，說明他們是不想讓人知道OTE是如何實現這些組合的，要麼是他們想保護自己的技術，要麼就是他們的這種組合方式並不是很完美，存在著漏洞，不想被人看破。

劉嘯相信第二種解釋的可能性要大一些，如果是為了保護技術，那OTE完全可以不交出源代碼來。這讓劉嘯充滿了信心和鬥志，甚至是希望，如果軟盟真的做出了策略級別的安全產品，那麼至少在安全領域內，軟盟就可以和OTE並駕齊驅了，甚至可以跟他們的世界級安全技術一較高下了。

見識過OTE的厲害後，劉嘯自然就把追逐的目標瞄準了OTE，所以他才會在發佈會上說軟盟今後的主要精力是參與到國際競爭中。可惜景程是站在了華維的立場上來思考的，他只看到了軟盟在企業級市場的決心，卻沒看到劉嘯更大的野心！劉嘯的眼裏，此時根本沒有了華維！

新聞發佈會之後，軟盟的人心終於穩定了下來，再沒有人三心二意地觀望了，也沒有人要提出辭職了。正如劉嘯所說，軟盟不會裁人，因為軟盟現有的人都不夠用，證券公司楊總和朱總給劉嘯介紹的那幾家公司，一下就把軟盟能拿得出手的人全給綁住了，甚至不得不從分公司調集高手。

乍看之下，好像軟盟的企業級市場一夜之間就完全打開了，不過劉嘯知道，這只是暫時的幻象，所以他沒有招人，而是加緊了對公司其他閒散人員的培訓，進一步穩住這部分人的心，向所有人傳遞出一種「軟盟重情重義，

絕不會拋棄任何一名老員工」的信號。一時間，軟盟的人全都幹勁十足，有這麼一個好的企業氛圍，誰都會加倍努力，並為之付出的。

除了那個策略級安全產品的項目，劉嘯又組建了兩個新的項目組，一個負責研究開發線上反入侵追蹤系統，另外一個負責開發一種面對個人用戶的反間諜反入侵的安全軟體。

劉嘯這麼做，也是有自己的考慮，開發追蹤系統是希望繼續加強軟盟在安全領域的優勢和影響力，而後者則是要避開華維。在電信營運商市場上，軟盟肯定不是華維的對手，雙方主要爭奪的是企業級市場，華維重兵部署這兩個市場，一副和軟盟不死不休的架勢，而對個人用戶市場則是不屑一顧。劉嘯現在的打算，是讓軟盟徹底放棄電信營運商這個市場，騰出手來去佔領個人用戶市場，在這個市場領域內，雖然已經有了不少的下游企業入駐，但他們的技術實力肯定是不如軟盟的，軟盟現在有錢有技術，只要花點力氣，這個市場還是會有一個屬於軟盟的份額。

個人市場雖然利潤少，但用戶多，誰能佔領，誰的影響力就會極大地提高，正如當年的微軟，就是從佔領個人作業系統市場開始的。

「個人市場利潤實在是太小，而且這個市場裏的競爭者多得都數不過來！」大飛在聽了劉嘯的想法後，就表示了懷疑，「咱們要做，還得建立一套間諜軟體的監測系統，有點得不償失啊！」

「就像你說的，個人市場利潤太少，咱們要是奔著這點錢去，倒不如好好地搞咱們的企業級市場，咱們要的是在這個市場的影響力，利潤可以不計較，這套軟體，我決定實行完全免費，任何人都可以使用，不必支付任何費用。」劉嘯笑說，「至於間諜軟體的監測系統，咱們可以先借用別人的，以後我們可以慢慢建立自己的系統，甚至是建立一套間諜軟體百科系統，免費供個人和安全機構查詢！」

「不是吧！」大飛無奈地看著劉嘯，「咱們雖說現在是有錢了，可也不能這麼花啊！」

劉嘯笑呵呵地看著大飛，「沒辦法，就算是給自己留後路，咱們也必須做這個個人用戶市場。」

大飛點了點頭，「行，你說做咱就做唄！不過，咱們到哪裡去找這個現成的間諜程式監測系統呢，都是競爭對手，怕是沒人會讓我們用吧！」

「這個我來想辦法！」劉嘯頓了頓，「你就負責給咱們找一個合適的人選！」

「好，放心吧！」大飛拍著胸脯，「咱們的人都是專業做安全的，對付幾個間諜程式，那還不是手到擒來，這事我來辦！」

「行，找到人之後，我們再集體商議出具體的規劃和操作流程，看看還有什麼需要的，公司一定全力配合！」劉嘯看了看眾人，「散會吧！」這件事便這樣定了下來。

回到辦公室，劉嘯就給衛剛撥電話，他能冒出這個想法，自然是經過了深思熟慮的，衛剛手裏的那套病毒以及間諜程式的監測系統，比起那些殺毒軟體廠商也是毫不遜色，劉嘯早都惦記著了。

衛剛接到劉嘯電話，就笑道：「你小子能掐會算啊，知道我要給你打電話，就提前自己打過來了？」

劉嘯一愣，「啊？衛大哥找我有事啊？」

「嗯，有事！」衛剛笑著，「我現在正在去海城的路上，再有一個小時就能到！」

「那我去接你吧！」劉嘯笑著。

「不用了，那邊有人接待！」衛剛笑著推辭了，「是這樣，電信明天要在海城搞一個技術研討會，他們想要得到一個從營運商層次上解決目前殭屍網路越來越多的辦法。他們邀請了很多這方面的專家以及安全機構參加，怎麼，他們沒有邀請軟盟嗎？」

「邀請了！」劉嘯沉吟著，「幾天前我們就收到了他們的邀請函，不過我沒打算去參加這個研討會，軟盟也沒有介入營運商市場的打算！」

「還是參加一下吧！」衛剛笑著，「屆時會有很多高手參加，能夠學到不少的東西！」

「行，那我明天肯定去！」劉嘯笑著，「剛好我還有事要和你說！」

「行，明天見！」衛剛笑著掛了電話。

劉嘯一皺眉，要從營運商層次上解決殭屍網路的問題，實在是太難了，至少劉嘯想不出有什麼好的辦法來實現。這並一個不是營運商和安全機構就可以解決的問題，要根除殭屍網路，最主要的還是得個人用戶提高安全防範意識，否則就會陷於一個「皇上不急太監急」的尷尬局面。電信有這研討的工夫，倒不如去向自己的用戶宣傳一下安全的重要性。

不過既然要參加研討，劉嘯也不好空手去，他花了半個小時時間，整理了一份資料，萬一被要求發言，他也好應付一下。

第十章　逍遙法外

劉嘯笑了笑，「正如衛剛大哥所說，有半數的殭屍程式是檢測不出來的，即便我們以『危害互聯網安全』為由來封殺殭屍電腦，那是不是說，這些沒被檢測出來的用戶就可以逍遙法外，繼續享有服務了呢？」

第二天，劉嘯向大飛交代了公司的事務，便趕往了電信設在大中華酒店的會場。研討會還沒有開始，會場裏，大家都是一個圈子裏的，絕大多數都認識，可惜劉嘯只知道這些人的名字，卻並不認識，而這些人更是都沒聽說過劉嘯的名字。

劉嘯找了個位子坐了下來，等了一會兒，衛剛便走了進來，很多人都過去和衛剛打招呼，畢竟他那國內頭號反病毒專家的名號不是個擺設。劉嘯站起來衝衛剛笑了笑，算是打過了招呼。

衛剛把那些人應付過去，便逕自朝劉嘯走了過來，「一直都沒來得及恭喜你！」衛剛伸出手，「恭喜你全盤掌控軟盟！」

劉嘯笑著，「得，衛大哥別取笑我了！趕緊坐吧！」

衛剛坐在了劉嘯身邊，「怎麼樣？軟盟這個爛攤子不好收拾吧？」

「還行，根骨還在！」劉嘯苦笑。

「那就好，軟盟這塊牌子能豎起來確實不容易，可不能就這麼倒了！」

衛剛看著劉嘯，「對了，你昨天說找我有事？」

「軟盟準備推出一款針對個人用戶的反間諜反入侵軟體，軟體是完全免費的，是想擴大一下軟盟在個人市場上的影響力！」劉嘯看著衛剛，「可我們目前沒有間諜程式的監測系統，組建這個系統也並非一兩天就能搭建起來。」

「你想讓我的系統給你提供這方面的資訊？」衛剛猜到了劉嘯的意思。

「是！」劉嘯點了點頭，「怎麼樣？」

「你說我能反對嗎？」衛剛笑著搖頭，「你們什麼時候要用，打個招呼就行！」

「多謝衛大哥！」劉嘯笑著，「回頭我讓公司擬一份協議給你送過去，咱們不白用，公歸功，私歸私！」

「你小子就是喜歡較真！」衛剛早已習慣了劉嘯這一點，「隨便你吧！不過話說回來，其實軟盟早該出這麼一款軟體了，軟盟的人長於入侵攻擊，只有最熟悉入侵手法的人，才能設計出最好的反入侵軟體！雖說你們現在做有點晚了，但也不是完全沒有希望！」

「對了，李大哥的那個主動防禦系統賣得怎麼樣？」劉嘯問道，最近都沒關注過燕子李三的動靜。

衛剛搖了搖頭，「不怎麼樣，競爭對手聯合封殺他，不好弄啊！」

劉嘯一聽，便陷入了沉思。

「我在想有沒有什麼和李大哥合作的機會！」劉嘯笑說，「我們軟盟要推出的是反入侵反間諜的軟體，李大哥做的是反病毒的，我們要是能夠合作，那就是絕配了！而且軟盟的市場管道很健全，絕對可以幫到李大哥的忙！」

衛剛捅了捅他，「想什麼呢？」

「這倒是件好事！」衛剛眼前一亮，「我回頭就跟老李說一說，看看能不能想出一個合適的合作方式！」

正說著，會場門口進來幾個人，衛剛就站了起來，道：「電信的人來了，看來會議要開始了，會後咱們再接著說！」

劉嘯不認識什麼電信的人，不過電信後面跟著的那人，劉嘯卻認識，正是華維的景程。

此時景程正和電信的人有說有笑地走了進來，如此看來，今天這個研討會的主角，估計就是華維了。

劉嘯無奈地看了看自己手裏的資料，看來是用不到了，別人都往會場前面蹭，劉嘯卻找了最角落的地方坐了下去，就當是來看戲了。

電信的人答謝了一下今天到場的專家，便宣布研討會開始，大會第一項，當然就是由電信的人介紹目前殭屍網路的現狀和危害。

「目前，全世界有超過六成的殭屍電腦來自我國，這是一個非常令人痛心的現狀，一方面說明了我們的用戶安全意識不夠，另一方面，作為營運商的我們也負有一定的責任。此次召開研討會，就是希望諸位專家群策群力，想出一個可行的辦法來，徹底根除這個隱患。根據我們的資料統計，最近一段時期，殭屍網路發作的次數和規模，有了明顯地密集和擴大的趨勢，再這樣下去，將會嚴重威脅到我們的互聯網環境。」電信的人頓了頓，笑道：「華維的專家想到了一個辦法，我們合議之後，認為這個辦法非常好，現在，就由華維的景程先生，給大家介紹一下這個方法的思路。」

華維看來是早有準備，只見有人過去，在一旁的電腦上插入一張光碟，會場的投影幕上就出現了華維的題目，「鐵壁合圍，根除殭屍網路！」

景程笑著站了起來，指著背後的投影幕，「我們的題目，大家也都看到了，現在就由我給大家簡單介紹一下我們的想法，不妥之處，還請大家多多指教！」

景程咳了兩聲，道：「所謂的鐵壁合圍，大家肯定都聽說過，二戰時期，日本帝國主義曾用此戰術對我們中國的老百姓進行過殘酷的掃蕩。今天

我們重新提出這四個字，沒有任何別的意思，就是要對殭屍網路進行掃蕩，將這個危害網路安全的隱患徹底根除，永不復發。」

「簡單來說，就是利用我們華維的通信設備，將電信的網路劃分無數個節點網路，然後在每一個節點上安裝檢測殭屍電腦的設備，這樣一旦有殭屍電腦被操作，我們就可以迅速確定殭屍電腦位於哪個節點，哪個網路，檢測設備會鎖定這台電腦。」

景程背後的投影幕此時配合著他的講話，演示著一段動畫，讓大家很清楚地知道了流程和原理，「鎖定殭屍電腦之後，電信會給這台電腦發出消息，讓用戶給自己的電腦安裝殺毒軟體，清除殭屍程式，三天之後，如果殭屍程式依舊存在，電信就會終止這個用戶的入網服務，直到他清除了殭屍程式為止！」

景程說完看著大家，「我們相信，只要建立這樣一套機制，我們就可以全面壓縮這些殭屍電腦的生存空間，沒有了這些殭屍電腦，那殭屍網路也就成為了無源之水，他的滅亡只是早晚的事情。」

電信的人點了點頭，「華維的這個方法確實不錯，我們電信研究之後，認為這是一個標本兼治的好法子。只是在操作上還存在一些技術問題，在座的諸位都是互聯網安全方面的專家，大家都可以發表意見，看有沒有什麼法子，能讓這套機制運行起來？」

劉嘯當即不屑地撇了撇嘴，電信的這句話，等於是給此次探討會定了個基調，大家都得圍著華維的這個鐵壁合圍來展開討論了。不過，劉嘯估計最後也討論不出什麼結果來，不具備技術上的可行性，就算你的法子再好，也只能是個想法。

會場的人這下都傻了，很多人都是準備了資料來的，這下可好，全用不上了，眾人你看我，我看你，誰也沒說話。

還是電信的人發了話，對衛剛笑道：「老衛，你先說說，你是反病毒的專家，你從這個角度分析分析。」

都被點名了，衛剛也不好再推辭，便道：「我對網路方面的研究很少，說不上這個方案的優劣好壞。我就說說自己擅長的領域吧，我這也有幾個數。國內活動的殭屍電腦，大概在一百五十萬台左右，沒有被啟動的潛伏的殭屍電腦，可能會超過四百萬台。在這些殭屍電腦裏，有一半都是安裝了殺毒軟體的，有四分之一的甚至是安裝了兩套以上的防護措施，但遺憾的是，殭屍電腦的數量卻在逐步增加之中。」衛剛嘆了口氣，「殭屍控制者的手段

不斷更新變化，我對方案本身沒有質疑，我只是懷疑我們檢測殭屍電腦的手段能不能跟上這些殭屍控制者的技術更新！」

景程笑了笑，「衛先生的這個資料非常好，但這個資料也可以證明，一旦我們的方案實施，即便是僅僅依靠現有的檢測水準，我們也能消滅一半數量的殭屍電腦！」

有不少人開始點頭，景程的話也不無道理，如果能消滅一半數量的殭屍電腦，那這個方案就是有效的。

不過也有其他方面的專家提出了質疑：「就算我們檢測出用戶感染了殭屍電腦，我們又要通過什麼手段來提醒用戶呢？我們不可能一一電話通知吧？如果是電話通知的話，那這個方案就要牽扯到人工作業了，這裏面需要的人力成本是多少？不知道華維方面有沒有計算過？」

景程點了點頭，「按照我們的初步打算，是希望電信的用戶都能安裝一個用戶端，這樣我們在檢測出有用戶感染了殭屍程式時，檢測設備就會自動向這台電腦發出信號，這樣就沒有任何人力作業！」

這下就有人搖頭了，「不可能，全國有上億的互聯網用戶，為了這百分之一的機率，讓所有人安裝一個可能永遠都用不到的用戶端，這有點不現實，估計很難讓人接受。」

不少人附和，這確實是個問題，電信之前也曾搞過一些用戶端的軟體，但最後也不了了之了，用戶投訴讓電信根本吃不消！

「唉……」有人嘆氣道：「要是有不需要用戶端，也能發過消息的技術，那就好辦了！」

他這麼一說，倒是提醒了會場裏的一個人，這人站起來，笑道：「前兩年我曾看到一篇文章，作者叫做風神，他提出一個設想，說可以將程式化為流動的資料，這樣就可以穿透所有通信協議的限制，在接受到指令後，這股流動的資料便會轉化為固定的程式執行！」

他旁邊有人立刻把他拽回到椅子裏，「真是的！這種不著邊際的想法你也信！那個風神一看就不是搞程式的，說不定他是把那文章當科幻小說寫呢！」

會場裏的人都笑了起來，搞得那人非常不好意思，解釋道：「其實我的意思是想拋磚引玉，看能不能把思路打開，這樣就把這方案的難題給解決了嘛！」

電信的人也無奈了，「還是請大家針對這個方案中的問題，來展開一些

務實可行的討論吧，題外的話就不要提了！」

劉嘯對這個方案沒什麼興趣，索性往椅子裏一縮，閉目養神，順帶胡思亂想，剛才那個風神的設想，倒是有些意思！

不知道過了多久，劉嘯正想得魂飛天外呢，耳邊隱隱約約傳來呼喚，有人在喊自己名字，一睜眼，發現所有的人都在看自己。

「劉總！」景程笑呵呵地看著劉嘯，「我看你在那裏沉思了很久，有什麼想法，就說說吧！」

劉嘯心裏罵了一聲，趕緊擺手道：「沒有，我沒想法！我這次來，主要是抱著學習的態度來的！」

景程站了起來，「劉總不要謙虛，你的水準我是知道的，你是安全界的後起之秀，還請你對我們這個方案提點意見！」

「我真沒什麼意見！」劉嘯都急了，「你還是讓其他的專家說說吧！」

景程笑著，「劉總不願意提意見，是不是根本就看不上我們的這個方案啊？」

會場裏氣氛一時就有點怪異，大家都盯著這兩人看。圈子也就一畝三分大，前幾天兩人在發佈會上大搞學術論戰的事早已是人人皆知，只是很多人之前並不認識劉嘯，今天更是沒注意到角落裏那個看起來萎靡不振的人竟然會是軟盟的新任掌門人。現在看來，一場大戰怕是又免不了了。

「景總，你這又是何必呢？」劉嘯看著景程，「我對於貴方的方案，確實是沒有什麼想法！」

「呵……」景程笑了一聲，不置可否，不過他的意思全在那一聲笑裏了。

一旁的衛剛看劉嘯有點難堪，便開了腔，「劉嘯，你就說兩句吧！咱們只有一個目的，那就是看怎樣能把這個方案實施起來，你就不要拿捏了，有什麼就說什麼！」

劉嘯一咬牙，站了起來，道：「好，那我就說兩句吧！」

景程率先鼓掌，「好！」

「衛剛大哥說了，今天大家的目的，就是為了讓這套方案實施起來，但我還是那句話，我沒有任何想法！」劉嘯看了看周圍一臉意外的人，解釋道：「因為我覺得這個方案根本就不應該實施。」

眾人一片譁然，衛剛也是顏色大變，他本意是想打個圓場，緩解一下劉嘯和景程之間的緊張關係，沒想到劉嘯會說出這話來，看來自己的好意全白

費了。

電信的人也是詫異無比，「為什麼？」

「拋開技術上的因素，僅從方案本身來說，華維的方案絕對是個一勞永逸、徹底根除殭屍網路的好辦法，這一點我也承認！」劉嘯的話前後來回顛倒，再次讓眾人摸不著頭腦了。不過他繼續解釋道：「但從其他方面考慮，這個方案就不那麼完美了！」

景程笑了笑，「願聽高見！」

劉嘯看著電信的人，「我想請問電信，貴方和用戶簽訂的服務協定中，可有『用戶電腦中毒或者感染木馬，電信有權終止服務』這一條？」

電信的人搖頭，「沒有！」

劉嘯笑了笑，「這就對了！任何網路用戶都有感染病毒的可能，負責維護網路的安全，是電信營運商、安全人、和所有網路用戶共同的責任，電信不能把自己放在一個審判者的位子上，不能因為自己的用戶感染了病毒，就拒絕為他提供網路服務。正如衛剛大哥所說，有半數的殭屍程式是檢測不出來的，即便我們以『危害互聯網安全』為由來封殺殭屍電腦，那是不是說，這些沒被檢測出來的用戶就可以逍遙法外，繼續享有服務，而剩下那一半被檢測出來的用戶就只能活該倒楣了呢？」

會場的人無語了，剛才大家只顧著從可行性上來討論這個方案，劉嘯說的這個問題竟被忽略了。

「還有！就算我們有十足的理由封殺這些殭屍電腦，但由此造成的損失由誰來承擔？」劉嘯看著在座的眾人，「殭屍電腦有很多都是用來辦公的電腦，業務全靠互聯網，一旦數十萬台殭屍電腦同時被封殺，造成業務癱瘓，會給這些網路用戶帶來無法估算的損失，那時候，他們要起訴誰？是電信服務商？還是殭屍種植者？誰能承擔這個損失？」

劉嘯這一問，把電信的人嚇出一身冷汗，這要是被起訴，那第一起訴對象肯定就是電信了！

「既然已經說開了，那我不妨就再說一下，我不知道電信有沒有對這個方案做過預算，如果我是電信，第一個要考慮的，就是這個方案的成本有多大，和它所能造成的效益相比，值不值得投入這些成本！」劉嘯把目光轉向景程，「我不否認華維在通信設備上的實力，我相信華維的設備肯定能夠把整個電信的互聯網用戶實現鐵壁合圍，進行網格化的檢測！但我要說的是，現在網路傳輸速度越來越快，單位時間內資料流程量可以說是天文數字，

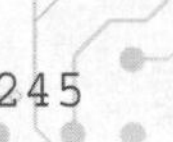
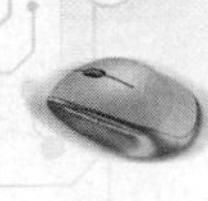

華維能否保證自己的檢測設備能在這海量的資料裏準備把殭屍電腦檢測出來，誤判暫且不提，華維能否保證在檢測的同時，不影響正常的網路傳輸速度？」

景程點了點頭，「這個問題我們也有考慮，只要將網格繼續細化，那麼在每個節點上就不會產生巨量的資料，網速不會因此受到影響！」

「那麼請問，到底細化到什麼程度，才不會對網路產生影響？」劉嘯噓了一口氣，「一千台為一組？還是一百台？甚至是十台？電信擁有上億的用戶，即便是以千為單位，那也需要將電信的所有用戶劃分為十多萬個小型網路，也就是說，電信至少要採購華維十萬台以上的設備。請問，你們每台設備的造價是多少？加上施工費用和日後的維護升級費用，這個專案總共需要多少資金？」

在座的人心裏一盤算就亂了，這賬要是這麼一算，就成了個無底洞，填不滿了，檢測設備可能天天都得升級，以應付不斷出現的新殭屍程式，就算十天半月升級一次，那也夠嗆，但升級頻率不能再降了，再降就失去了抑制殭屍電腦的作用了！

景程沒說話，但華維的另外一個人卻站了起來，拿手指著劉嘯，「你的意思是說，我們華維搞這個方案，就是為了賣自己的設備？我告訴你，你這是純粹的污蔑，你要為自己的話付出代價！」

「什麼代價？」劉嘯看著那人，「我說你們是為了賣設備嗎？好像是你自己說的吧，別什麼屎盆子都往我頭上扣！」

那人氣急，就要衝劉嘯那邊走過去，看意思是想上演真人ＰＫ，一旁的人趕緊站起來攔住了他！

「你給我坐回去！」景程冷冷瞪了那人一眼，那人才氣乎乎地坐了下去，不過還是怒視著劉嘯。

景程看著劉嘯，拍了拍手，道：「不愧是軟盟的掌門，不從技術角度也能找出了我們這份方案的不足之處。我不得不服，我們的這份方案確實有些欠考慮的地方，是我們的工作沒做好！」

景程主動認栽，劉嘯也沒什麼話說，總得給人家一個臺階下吧，於是道：「我剛才說話也有點衝，其實華維的方案還是好方案，只是我認為不值得下這麼大的本錢！」

「你這麼說，想必是軟盟有更好的解決方案了？」景程笑了笑，「劉總剛才說了，維護網路安全，是咱們安全人的責任，那就不要藏著掖著，說出

來，也好讓我學習學習！如果能解決網路殭屍的問題，那軟盟可是功德無量啊！」

劉嘯氣癟，自己才剛退一步，這廝就又拿話卡自己，反正不該說的也說了，劉嘯此時倒也沒了顧慮，索性豁出去了：「好辦法是沒有，笨法子倒是有一個！」

電信那人的魂此時才飄了回來，趕緊道：「請說，請說！」

「我認為華維方案之所以不可取，就是因為找錯了封殺的對象，我們的用戶也是受害者，他們也不願意自己的電腦被人遙控操縱，說他們危害互聯網安全沾邊，但有一點必須要搞清楚，他們不是主動去製造危害，而是被動的，不自主的！」劉嘯再次環視眾人，「我們封殺的對象，不應該是這些用戶，而是那些殭屍操縱者。」

「剛才衛大哥說了，殭屍電腦的數量每天都在上升，這是事實，但大家卻忽視它的另一面，那就是與之相對應的扮演殭屍操縱者角色的電腦數量，卻一直呈下降趨勢！也就是說，殭屍操縱者越來越集中，全世界有將近千萬台的殭屍電腦，但操縱這些殭屍的電腦，只有區區幾千台！」劉嘯笑了笑，說出了自己的結論：「與其去和千萬數量的用戶作對，倒不如去撲殺這幾千台操縱者電腦！我想這更可行，也更省事！只有讓這些操作者吃到了苦頭，讓他們每一刻都處於危險境地，他們才會知難而退，反之，我們就會助長他們的氣焰，刺激他們肆無忌憚地升級技術，到最後，我們也只能陷於腹背受敵的局面，我們精心佈置的鐵壁合圍，也會成為讓人恥笑的馬其諾防線！」

劉嘯的話說完，會場裏很多人都在點頭，這個方法明顯更可行。但劉嘯心裏很清楚，像這麼簡單的方案，其實很多人都會想到，只是今天被電信事先指定了固定方案，大夥這才沒有機會說出來罷了，這並不能作為軟盟強於華維的證據。

劉嘯這麼一「鬧」，研討會便無法進行下去了，繼續討論華維的方案已經失去了意義，而劉嘯的方案根本就沒有什麼可值得討論的地方，那方案僅憑電信自己的技術實力就可以辦到。所以電信的人就宣布研討會結束，然後安排這些專家去吃飯。

軟盟現在忙得人手都倒騰不過來，劉嘯哪有心思在這裏吃飯，便拽了衛剛，「衛大哥，走，我請你吃，順便咱把合作的事趕緊定下來，公司還等著回信呢！」

衛剛無奈，跟電信的人打過招呼，便隨劉嘯離開了。

「你小子今天火力可有點猛啊！」衛剛笑著，「雖說你們和華維是競爭對手，但你剛才把華維的方案說得一文不值，是給自己增加了一個仇敵啊！」

「隨便吧！」劉嘯無奈地擺著手，「我根本就懶得搭理他們的那個狗屁方案呢，可架不住他們給我一通逼啊！我算是看明白了，敵人就是敵人，和你挑不挑他們的刺一點關係都沒有，即便是你裝孫子，他們也拿你當敵人看。橫豎都是一個結果，我看以後也用不著給他們什麼面子了！」

「你小子啊！」衛剛苦笑著，會場上的情況他也看到了，所以也不再說什麼劉嘯的不是，只是道：「不管怎麼說，你以後可得留點心，畢竟華維不是軟柿子，不好惹啊！」

「我知道！」劉嘯點頭，「我會注意的！咱們還是不要再提這事了，談正事，前面有家飯店不錯，咱們邊吃邊聊！」

開會之前時間緊湊，衛剛也沒仔細聽劉嘯的這個項目到底要怎麼做，現在坐下來一聊，才算是弄清楚了劉嘯的打算。

劉嘯的這個軟體是分為好幾部分的，首先，一個專業的反木馬反間諜程式引擎是必不可少的，負責查殺和防禦一般性的間諜木馬程式；其次，是發佈木馬預警，一旦發現新的木馬程式，將及時公佈木馬的危害特性，提供解決方案，讓軟體的用戶提早防範，一旦發生波及範圍較大的木馬病毒，將第一時間發佈最專業的專殺工具；再次，是系統診斷工具，向用戶提供安全DIY的功能；最後，逐步建立病毒木馬百科知識庫，個人或者安全機構都可以根據多種關鍵字，查詢到相關病毒，以及解決方案鏈結。

「我們軟盟可以說是天天和木馬病毒打交道，不把這點資源利用起來，真是浪費了！」劉嘯笑著，「我們準備建立專門的項目組，直接負責這個軟體的後續更新和開發，把它搞成一塊品牌！」

衛剛點了點頭，「想法是不錯，可是目前有很多這樣的同類產品，競爭非常激烈，想打開市場並不容易，你有沒有具體的操作想法？」

「我是這麼打算的，首先，我們必須要讓這個軟體實用，得保證它的每一個附加功能用戶都能用得到，這樣才能引起別人使用的興趣；再者，目前此類產品雖多，但都沒有具體細化，我準備將這套軟體分為企業版、網吧版、個人版等等，然後針對不同特性用戶的行為和需求，設計不同的功能，提供有針對性的安全措施；最後，就是主功能了，也就是反木馬反間諜的能力，這是這套軟體生存的根本，我會讓我們的人務必在這方面有所突破，弄

出點特色的東西出來。」劉嘯說：「做好這幾方面，應該說就可以打開局面了。現在的新病毒新木馬，每天都是數以萬計，如果運氣好，有哪個王八蛋給你弄出個破壞性極大的，咱們只要第一時間發佈解決方案和專殺工具，再稍微操作一下，這知名度就立刻上去了，不過這方面就得衛大哥多多費心了。」

衛剛笑了笑，「看來你小子是謀劃已久了啊，連借病毒上位的辦法都想得出來，行，這個生意我做了！」

「等我們打開市場後，我準備再把李大哥也拉進來，一是繼續加強軟體的功能，二是由我們負責推廣，也省得李大哥再受那幫人的鳥氣。」劉嘯嘆了口氣，「李大哥現在是虎落平陽被犬欺，他們之所以敢封殺李大哥，一是李大哥的公司還沒有名氣，二是這些人把持了軟體的銷售管道。軟盟有自己的管道，他們封殺不了，再說了，他們就是想封殺，也得掂量掂量後果！」

「你當了這軟盟的掌門，說話的口氣都不一樣了！」衛剛笑了起來。

「我這也是被逼出來的，衛大哥就不要取笑我了！」劉嘯苦笑。

「我可沒有半點取笑你的意思！」衛剛笑著，「其實你早應該這樣了，之前你渾渾噩噩在那個ＮＬＢ裏面混日子，差點沒把我愁死！」

「過去的事就不要提了！」劉嘯現在想想也覺得好笑，人不能逃避，有時候你越逃避，煩人的事反而越是追著你走。

「行，不提了！咱們說點別的！」衛剛喝了口水，道：「你知道今天電信為什麼要開這個研討會嗎？」

劉嘯一愣，「不就是要解決殭屍網路的問題嗎？」

「目的是要解決殭屍網路的問題，但原因卻不單單是這個！」衛剛頓了頓，「不久前，我被邀參加了網監組織的一次網情分析會，到會的都是安全機構，還有安全情報企業，大家都通報了各自檢測到的當前網路環境，分析了一下存在的隱患。網監的人也做了一份報告，是關於殭屍網路的，雖然沒有明說，但我從中還是聽出了一些大概的意思！」

「什麼意思？」劉嘯問，隨即又說：「怪了，我們軟盟也是安全機構，怎麼他們沒請我們去啊！」

「那時候你們軟盟正亂著呢！」衛剛白了一眼。

劉嘯「哦」了一聲，「衛大哥你繼續說！」

「你說說看，是什麼人在培養這些殭屍網路？」衛剛問道。

「這還用問嗎？當然是吳非凡那樣的人！」劉嘯想都沒想就回答道。

「如果培養殭屍的人不是為了錢，你說，他會是什麼人？」衛剛看著劉嘯。

劉嘯稍微一皺眉，「不為錢？」這劉嘯也說不準了，不為錢，那會是什麼原因呢，殭屍網路一天天發展壯大，如果殭屍操縱者僅僅是為了好玩，或者是要證明自己的技術實力，這解釋得似乎有點牽強。

衛剛此時一臉高深莫測，笑著說：「這就是我從網監那份報告裏聽出來的意思！」

「你就別賣關子了，到底怎麼回事，你詳細跟我說！」劉嘯有點著急，一頭霧水。

「網監的報告只是稍微影射了一下，說殭屍網路可能被操縱在某些別有用心的人手上，然後希望營運商以及所有安全機構能夠配合網監，密切監視這方面的動態，加大對殭屍網路的打擊力度。」衛剛頓了頓，皺眉道：「回來後，我就專門做了一下這方面的研究，最後得出一個結論，殭屍網路確實有可能被某些人給控制了！」

「什麼人？」劉嘯心裏冒出個不好的預感。

「網路間諜機構、各國的資訊化攻擊部隊，或許還有別的什麼人！」衛剛說道。

劉嘯「啊」了一聲，但並沒有太大的震驚，他已經稍稍預感到了。

「我上午在會場已經說過了，國內活動的殭屍電腦大概在一百五十萬台左右，大多都操縱在像吳非凡這樣的人手裏，用來捲錢。而那些檢測不出來、或者是潛伏的殭屍電腦的數量，我沒有說實話，按照最最保守的估計，我敢保證，數量絕對會超過五百萬台，它們是被人利用各種手法種上了殭屍程式的，甚至包括正常的軟體安裝途徑。」衛剛嘆了口氣，「我做了一下資料分析，那些活動的殭屍電腦，大概被操縱在三千多個ＩＰ手裏，平均下來，每個操縱者可掌握五百台左右的殭屍電腦。而那些未被啟動的，雖然有多種啟動方式，但最後卻被掌握在不超過兩百個ＩＰ的手裏，一個操作者可以掌握超過兩萬五千台殭屍木馬。這太可怕了，一旦他們發作起來，就可以迅速形成極大的破壞能力！」

劉嘯這下是真的瞪大了眼睛，他很清楚操縱這麼多台電腦可能造成的破壞力，回過神來，他看著衛剛，「你的意思是說，這次電信召開技術研討會，其實是為了對付這些未被啟動的殭屍電腦?!」

衛剛點了點頭，「我想是這樣的，否則華維也不會提出那麼一個爛的方案，應該是他們事先碰過頭，通報過這個情況！」

劉嘯捶了捶腦袋，「靠，那我不是把電信的正事給搞砸了嗎？」劉嘯此時才意識了過來，華維的鐵壁合圍方案雖然不可行，倒也確實是個對付殭屍電腦的笨辦法。

「算了，你也不是故意的！」衛剛笑笑說，「怪也只能怪華維的人太傲慢，他們要是不逼你，也不會發生這事！再說了，這也只是我的猜測，說不準華維還真是為了賣自己的設備呢！」

「那這些殭屍電腦怎麼辦？」劉嘯反問。

「網監的人肯定已經在想辦法了，這是他們該管的事！」衛剛咬咬牙，「不過，咱們這些做安全的，也得想個方法出來，讓人不知不覺地在咱們地盤上種了這麼多殭屍，想想都覺得窩囊！」

「是該想個辦法！」劉嘯咬了咬牙，這幫人也太膽大了，他們準備幹什麼呢，竟然培養了數量如此巨大的殭屍網路，劉嘯真是不敢想像這些殭屍電腦一旦發作，會是個什麼後果。

請續看《首席駭客》六 何方神聖

首席駭客 五 連環圈套

作者：銀河九天
發行人：陳曉林
出版所：風雲時代出版股份有限公司
地址：105台北市民生東路五段178號7樓之3
風雲書網：http://www.eastbooks.com.tw
官方部落格：http://eastbooks.pixnet.net/blog
Facebook：http://www.facebook.com/h7560949
信箱：h7560949@ms15.hinet.net
郵撥帳號：12043291
服務專線：(02)27560949
傳真專線：(02)27653799
執行主編：朱墨菲
美術編輯：吳宗潔

法律顧問：永然法律事務所 李永然律師
北辰著作權事務所 蕭雄淋律師

版權授權：蔡雷平
初版日期：2015年9月
初版二刷：2015年9月20日
ISBN：978-986-352-183-9

總經銷：成信文化事業股份有限公司
地　址：新北市新店區中正路四維巷二弄2號4樓
電　話：(02)2219-2080

行政院新聞局局版台業字第3595號 營利事業統一編號22759935

定價：280元　特惠價：199元

國家圖書館出版品預行編目資料

首席駭客 ／ 銀河九天 著. -- 初版. -- 臺北市：
風雲時代，2015.04- 冊；公分

ISBN 978-986-352-183-9（第5冊；平裝）

857.7　　104005339